님의沈默

군 말

「님」만님이아니라 긔룬것은 다님이다 衆生이 釋迦의님이라면 哲學은 칸트의님이다 薔薇花의님이 봄비라면 마시니의님은 伊太利다 님은 내가사랑할뿐아니라 나를사랑하나니라

戀愛가自由라면 님도自由일것이다 그러나 너희는 이름조은 自由에 알뜰한拘束을 밧지안너냐 너에게도 님이잇너냐 잇다면 님이아니라 너의그림자니라

나는 해저문벌판에서 도러가는길을일코 헤매는 어린羊이 긔루어서 이詩를쓴다

著 者

차　례

차례

차례

차 례

차례

차례

차례

차 례

님의沈默

님은갓슴니다 아々 사랑하는나의님은 갓슴니다

푸른산빗을깨치고 단풍나무숩을향하야난 적은길을 거러서 참어떨치고 갓슴니다

黃金의꼿가티 굿고빗나든 옛盟誓는 차듸찬띄끌이되야서 한숨의微風에 나러갓슴니다

날카로은 첫「키쓰」의追憶은 나의運命의指針을 돌너노코 뒤ㅅ거름처서 사러젓슴니다

나는 향긔로은 님의말소리에 귀먹고 꼿다은 님의얼골에 눈머럿슴니다

사랑도 사람의일이라 맛날때에 미리 떠날것을 염녀하고경계하지

아니한것은아니지만 리별은 뜻밧긔일이되고 놀난가슴은 새로은슯음에 터짐니다

그러나 리별을 쓸데업는 눈물의源泉을만들고 마는것은 스々로 사랑을깨치는것인줄 아는까닭에 것잡을수업는 슯음의힘을 옴겨서 새希望의 정수박이에 드러부엇슴니다

우리는 맛날때에 떠날것을염녀하는것과가티 떠날때에 다시맛날것을 밋슴니다

아々 님은갓지마는 나는 님을보내지 아니하얏슴니다

제곡조를못이기는 사랑의노래는 님의沈默을 휩싸고돔니다

리별은美의創造

리별은 美의創造임니다

리별의美는 아츰의 바탕(質)업는 黃金과 밤의 올(糸)업는 검은비단과 죽엄업는 永遠의生命과 시들지안는 하늘의푸른꼿에도 업슴니다

님이어 리별이아니면 나는 눈물에서죽엇다가 우슴에서 다시사러날수가 업슴니다 오々 리별이어

美는 리별의創造임니다

알ㅅ수업서요

바람도업는공중에 垂直의波紋을내이며 고요히ᄯᅥ러지는 오동닙은 누구의발자최임닛가

지리한장마ᄭᅳᆺ헤 서풍에몰녀가는 무서은검은구름의 터진틈으로 언ᄯᅳᆺ々々보이는 푸른하늘은 누구의얼골임닛가

ᄭᅩᆺ도업는 깁흔나무에 푸른이ᄭᅵ를거처서 옛塔위의 고요한하늘을 슴치는 알ㅅ수업는향긔는 누구의입김임닛가

근원은 알지도못할곳에서나서 돍ᄲᅮ리를울니고 가늘게흐르는 적은시내는 구븨々々 누구의노래임닛가

련ᄭᅩᆺ가튼발ᄭᅮᆷ치로 갓이업는바다를밟고 옥가튼손으로 ᄭᅳᆺ업는하늘을만지면서 ᄯᅥ러지는날을 곱게단장하는 저녁놀은 누구의詩임닛가

타고남은재가 다시기름이됩니다 그칠줄을모르고타는 나의가슴은 누구의밤을지키는 약한등入불임닛가

나는 잇고저

남들은 님을생각한다지만
나는 님을잇고저하야요
잇고저할수록 생각히기로
행혀잇칠가하고 생각하야보앗습니다

이즈랴면 생각히고
생각하면 잇치지아니하니
잇도말고 생각도마러볼싸요
잇든지 생각든지 내버려두어볼싸요
그러나 그리도아니되고

쉬임업는 생각々々에 님뿐인데 엇지하야요

귀태여 이즈랴면
이즐수가 업는것은 아니지만
잠과죽엄뿐이기로
님두고는 못하야요

아々 잇치지안는 생각보다
잇고저하는 그것이 더욱괴롭슴니다

가지마서요

그것은 어머니의가슴에 머리를숙이고 자긔々々한사랑을 바드랴고 쎄죽거리는입설로 表情하는 어엽븐아기를 싸안으랴는 사랑의날개가 아니라 敵의旗발임니다

그것은 慈悲의白毫光明이아니라 번득거리는 惡魔의눈(眼)빗임니다

그것은 冕旒冠과 黃金의누리와 죽엄과를 본체도아니하고 몸과마음을 돌々뭉처서 사탕의바다에 퐁당너랴는 사랑의女神이아니라 칼의우슴임니다

아々 님이어 慰安에목마른 나의님이어 거름을돌니서요 거긔를가지마서요 나는시려요

大地의音樂은 無窮花그늘에 잠드럿슴니다
光明의꿈은 검은바다에서 잠약질함니다
무서은沈默은 萬像의속살거림에 서슬이푸른敎訓을 나리고 잇슴니다
아々 님이어 새生命의꼿에 醉하랴는 나의님이어 거름을돌니서요
거긔을가지마서요 나는시려요

거룩한天使의洗禮를밧은 純潔한靑春을 쏙따서 그속에 自己의生命을
너서 그것을사랑의祭壇에 祭物로드리는 어엽븐處女가 어데잇서요
달금하고맑은향긔를 꿀벌에게주고 다른꿀벌에게주지안는 이상한百合
꼿이 어데잇서요
自身의全體를 죽엄의靑山에 장사지내고 흐르는빗(光)으로 밤을 두
쪼각에베히는 반듸ㅅ불이 어데잇서요

아々 님이어 情에殉死하라는 나의님이어 거름을돌니서요 거긔를가
지마서요 나는시려요

그나라에는 虛空이업슴니다
그나라에는 그림자업는사람들이 戰爭을하고잇슴니다
그나라에는 宇宙萬像의 모든生命의쇠ㅅ대를가지고 尺度를超越한 森
嚴한軌律로 進行하는 偉大한時間이 停止되얏슴니다
아々 님이어 죽엄을 芳香이라고하는 나의님이어 거름을돌니서요
거긔를가지마서요 나는시려요

고적한밤

하늘에는 달이업고 ᄯᅡ에는 바람이업슴니다
사람들은 소리가업고 나는 마음이업슴니다

宇宙는 죽엄인가요
人生은 잠인가요

한가닭은 눈ㅅ섭에걸치고 한가닭은 적은별에걸첫든 님생각의金실은
살ᄉᆞᆯ 것침니다
한손에는 黃金의칼을들고 한손으로 天國의ᄭᅩᆺ을ᄭᅥᆨ든 幻想의女王도
그림자를 감추엇슴니다

아々 님생각의金실과 幻想의女王이 두손을마조잡고 눈물의속에서
情死한줄이야 누가아러요
宇宙는 죽엄인가요
人生은 눈물인가요
人生이 눈물이면
죽엄은 사랑인가요

나의 길

이세상에는 길도 만키도함니다
산에는 돍길이잇슴니다 바다에는 배ㅅ길이잇슴니다 공중에는 달과
별의길이잇슴니다
강ㅅ가에서 낙시질하는사람은 모래위에 발자최를내임이다 들에서 나
물캐는女子는 芳草를밟슴니다
악한사람은 죄의길을조처감니다
義잇는사람은 올은일을위하야는 칼날을밟슴니다
서산에지는 해는 붉은놀을밟슴니다
봄아츰의 맑은이슬은 쏫머리에서 미끄름탐니다

그러나 나의길은 이세상에 둘밧게업슴니다
하나는 님의품에안기는 길임니다
그러치아니하면 죽엄의품에안기는 길임니다
그것은 만일 님의품에안기지못하면 다른길은 죽엄의길보다 험하고
괴로은까닭임니다
아々 나의길은 누가내엿슴닛가
아々 이세상에는 님이아니고는 나의길을 내일수가 업슴니다
그런데 나의길을 님이내엿스면 죽엄의길은 웨내셧슬가요

쑴깨고서

님이며는 나를사랑하련마는 밤마다 문밧게와서 발자최소리만내이고
한번도 드러오지아니하고 도로가니 그것이 사랑인가요
그러나 나는 발자최나마 님의문밧게 가본적이업습니다
아마 사랑은 님에게만 잇나버요

아ᄼ 발자최소리나 아니더면 쑴이나 아니깨엿스련마는
쑴은 님을차저가랴고 구름을탓섯서요

藝術家

나는 서투른 畵家여요

잠아니오는 잠ㅅ자리에 누어서 손ㅅ가락을 가슴에대히고 당신의 코와 입과 두볼에 새암파지는것까지 그렷슴니다

그러나 언제든지 적은우슴이써도는 당신의눈ㅅ자위는 그리다가 백번이나 지엇슴니다

나는 파겁못한 聲樂家여요

이웃사람도 도러가고 버러지소리도 쓴첫는데 당신의가러처주시든 노래를 부르랴다가 조는고양이가 부끄러워서 부르지못하얏슴니다

그래서 간은바람이 문풍지를슬칠때에 가마니合唱하얏슴니다

나는 敍情詩人이되기에는 너머도 素質이업나버요
「질거음」이니 「슯음」이니 「사랑」이니 그런것은 쓰기시려요
당신의 얼골과 소리와 거름거리와를 그대로 쓰고십흡니다
그러고 당신의 집과 寢臺와 꼿밧헤잇는 적은돍도 쓰것슴니다

리별

아々 사람은 약한것이다 여린것이다 간사한것이다
이세상에는 진정한 사랑의리별은 잇슬수가 업는것이다
죽엄으로 사랑을바꾸는 님과님에게야 무슨리별이 잇스랴
리별의눈물은 물거품의꼿이오 鍍金한金방울이다

칼로베힌 리별의「키쓰」가 어데잇너냐
生命의꼿으로비진 리별의杜鵑酒가 어데잇너냐
피의紅寶石으로만든 리별의紀念반지가 어데잇너냐
리별의눈물은 咀呪의摩尼珠요 거짓의水晶이다

사랑의리별은 리별의反面에 반듯이 리별하는사랑보다 더큰사랑이 잇는것이다
혹은 直接의사랑은 아닐지라도 間接의사랑이라도 잇는것이다
다시말하면 리별하는愛人보다 自己를더사랑하는것이다
만일 愛人을 自己의生命보다 더사랑하면 無窮을回轉하는 時間의수리박휘에 이씨가씨도록 사랑의리별은 업는것이다
아니다々々々「참」보다도참인 님의사랑엔 죽엄보다도 리별이 훨씬偉大하다
죽엄이 한방울의찬이슬이라면 리별은 일천줄기의쏫비다
죽엄이 밝은별이라면 리별은 거룩한太陽이다

生命보다사랑하는 愛人을 사랑하기위하야는 죽을수가업는것이다
진정한사랑을위하야는 괴롭게사는것이 죽엄보다도 더큰犧牲이다
리별은 사랑을위하야 죽지못하는 가장큰 苦痛이오 報恩이다
愛人은 리별보다 愛人의죽엄을 더슯어하는까닭이다
사랑은 붉은초ㅅ불이나 푸른술에만 잇는것이아니라 먼마음을 서로 비치는 無形에도 잇는까닭이다
그럼으로 사랑하는愛人을 죽엄에서 잇지못하고 리별에서 생각하는 것이다
그럼으로 사랑하는愛人을 죽엄에서 웃지못하고 리별에서 우는것이 다
그럼으로 愛人을위하야는 리별의怨恨을 죽엄의愉快로 갑지못하고 슯음의苦痛으로 참는것이다

그럼으로 사랑은 참어죽지못하고 참어리별하는 사랑보다 더큰사랑은 업는것이다

그러고 진정한사랑은 곳이업다

진정한사랑은 愛人의抱擁만 사랑할뿐아니라 愛人의리별도 사랑하는것이다

그러고 진정한사랑은 때가업다

진정한사랑은 間斷이업서々 리별은 愛人의肉뿐이오 사랑은 無窮이다

아々 진정한愛人을 사랑함에는 죽엄은 칼을주는것이오 리별은 꼿

을주는것이다

아々 리별의눈물은 眞이오 善이오 美다

아々 리별의눈물은 釋迦요 모세요 짠다크다

길이막혀

당신의얼골은 달도아니언만
산넘고 물넘어 나의마음을 비침니다

나의손ㅅ길은 웨그리썰너서
눈압헤보이는 당신의가슴을 못만지나요

당신이오기로 못올것이 무엇이며
내가가기로 못갈것이 업지마는
산에는 사다리가업고
물에는 배가업서요

默沈의 님

뉘라서 사다리를떼고 배를깨트렷슴닛가
나는 보석으로 사다리노코 진주로 배모아요
오시랴도 길이막혀서 못오시는 당신이 긔루어요

自由貞操

내가 당신을기다리고잇는것은 기다리고자하는것이아니라 기다려지는것임니다

말하자면 당신을기다리는것은 貞操보다도 사랑임니다

남들은 나더러 時代에뒤진 낡은女性이라고 삐죽거림니다 區々한貞操를지킨다고

그러나 나는 時代性을 理解하지못하는것도 아님니다

人生과貞操의 深刻한批判을 하야보기도 한두번이 아님니다

自由戀愛의神聖(?)을 덥허노코 否定하는것도 아님니다

大自然을따러서 超然生活을할생각도 하야보얏슴니다

그러나 究竟、萬事가 다 저의조아하는대로 말한것이오 행한것임니다

나는 님을기다리면서 괴로움을먹고 살이짐니다 어려움을입고 킈가 큼니다

나의貞操는「自由貞操」임니다

하나가되야주서요

님이어 나의마음을 가저가랴거든 마음을가진나한지 가저가서요 그리하야 나로하야금 님에게서 하나가되게 하서요

그러치아니하거든 나에게 고통만을주지마시고 님의마음을 다주서요 그리고 마음을가진님한지 나에게주서요 그레서 님으로하야금 나에게서 하나가되게 하서요

그러치아니하거든 나의마음을 돌녀보내주서요 그러고 나에게 고통을주서요

그러면 나는 나의마음을가지고 님의주시는고통을 사랑하것습니다

나루ㅅ배와行人

나는 나루ㅅ배
당신은 行人

당신은 흙발로 나를 짓밟음니다
나는 당신을안ㅅ고 물을건너감니다
나는 당신을안으면 깁흐나 엿흐나 급한여울이나 건너감니다

만일 당신이 아니오시면 나는 바람을쐬고 눈비를마지며 밤에서낫
가지 당신을기다리고 잇슴니다
당신은 물만건느면 나를 도러보지도안코 가심니다 그려

그러나 당신이 언제든지 오실줄만은 아러요
나는 당신을기다리면서 날마다々々々 늙어감니다

나는 나루ㅅ배
당신은 行人

차라리

님이어 오서요 오시지아니하랴면 차라리가서요 가랴다오고 오랴다가는것은 나에게 목숨을빼앗고 죽엄도주지안는것임이다

님이어 나를책망하랴거든 차라리 큰소리로말슴하야주서요 沈默으로책망하지말고 沈默으로책망하는것은 압흔마음을 어름바늘로 찌르는것임니다

님이어 나를아니보랴거든 차라리 눈을돌녀서 감으서요 흐르는곁눈으로 흘겨보지마서요 곁눈으로 흘겨보는것은 사랑의보(褓)에 가시의선물을싸서 주는것임니다

나의 노래

나의노래가락의 고저장단은 대중이업습니다
그래서 세속의노래곡조와는 조금도 맛지안습니다
그러나 나는 나의노래가 세속곡조에 맛지안는것을 조금도 애닯어
하지안습니다
나의노래는 세속의노래와 다르지아니하면 아니되는 까닭입니다
곡조는 노래의缺陷을 억지로調節하랴는것입니다
곡조는 不自然한노래를 사람의妄想으로 도막처놋는것입니다
참된노래에 곡조를부치는것은 노래의自然에 恥辱입니다
님의얼골에 단장을하는것이 도로혀 흠이되는것과가티 나의노래에 곡
조를부치면 도로혀 缺點이됨니다

나의노래는 사랑의神을 울님니다

나의노래는 處女의靑春을 쥡짜서 보기도어려은 맑은물을 만듬니다

나의노래는 님의귀에드러가서는 天國의音樂이되고 님의꿈에드러가서는 눈물이됨니다

나의노래가 산과들을지나서 멀니게신님에게 들니는줄을 나는암니다

나의노래가락이 바르々떨다가 소리를 이르지못할때에 나의노래가 님의 눈물겨운 고요한幻想으로 드러가서 사러지는것을 나는 분명히암니다

나는 나의노래가 님에게들니는것을 생각할때에 光榮에넘치는 나의적은 가슴은 발々々떨면서 沈默의音譜를 그림니다

당신이아니더면

당신이아니더면 포시럽고 맥그럽든 얼골이 웨 주름살이접혀요
당신이긔룹지만 안터면 언제까지라도 나는 늙지아니할테여요
맨츰에 당신에게안기든 그때대로 잇슬테여요

그러나 늙고 병들고 죽기까지라도 당신때문이라면 나는 실치안하여요

나에게 생명을주던지 죽엄을주던지 당신의뜻대로만 하서요
나는 곳당신이여요

잠업는꿈

나는 어늬날밤에 잠업는꿈을 꾸엇슴니다

「나의님은 어데잇서요 나는 님을보러가겟슴니다 님에게가는길을 가저다가 나에게주서요 검이어」

「너의가랴는길은 너의님의 오랴는길이다 그길을가저다 너에게주면 너의님은 올수가업다」

「내가가기만하면 님은아니와도 관계가업슴니다」

「너의님의 오랴는길을 너에게 갓다주면 너의님은 다른길로 오게된다 네가간대도 너의님을 만날수가업다」

「그러면 그길을가저다가 나의님에게주서요」

「너의님에게주는것이 너에게주는것과 갓다 사람마다 저의길이 각々

잇는것이다」

「그러면 엇지하여야 리별한님을 맛나보것슴닛가」

「네가 너를가저다가 너의가랴는길에 주어라 그리하고 쉬지말고 가거라」

「그리할마음은 잇지마는 그길에는 고개도만코 물도만슴니다 갈수가업슴니다」

검은「그러면 너의님을 너의가슴에 안겨주마」하고 나의님을 나에게 안겨주엇슴니다

나는 나의님을 힘껏 쎠안엇슴니다

나의팔이 나의가슴을 압흐도록 다칠쌔에 나의두팔에 베혀진 虛空은 나의팔을 뒤에두고 이어젓슴니다

生命

닻과치를일코 거친바다에漂流된 적은生命의배는 아즉發見도아니된黃金의나라를 꿈꾸는 한줄기希望이 羅盤針이되고 航路가되고 順風이되야서 물ㅅ결의한끗은 하늘을치고 다른물ㅅ결의한끗은 땅을치는 무서운바다에 배질합니다

님이어 님에게밧치는 이적은生命을 힘것 껴안어주서요

이적은生命이 님의품에서 으서진다하야도 歡喜의靈地에서 殉情한生命의破片은 最貴한寶石이되야서 쪼각〳〵이 適當히이어저서 님의가슴에 사랑의徽章을 걸것슴니다

님이어 끗업는沙漠에 한가지의 깃듸일나무도업는 적은새인 나의生命을 님의가슴에 으서지도록 껴안어주서요

그러고 부서진 生命의쪼각〱에 입마춰주서요

사랑의測量

질겁고아름다운일은 量이만할수록 조흔것입니다
그런데 당신의사랑은 量이적을수록 조흔가버요
당신의사랑은 당신과나와 두사람의새이에 잇는것입니다
사랑의量을 알야면 당신과나의距離를 測量할수밧게 업습니다
그래서 당신과나의距離가멀면 사랑의量이만하고 距離가가까으면 사랑의量이 적을것입니다
그런데 적은사랑은 나를 웃기더니 만한사랑은 나를 울닙니다
뉘라서 사람이머러지면 사랑도머러진다고 하여요
당신이가신뒤로 사랑이머러젓스면 날마다날마다 나를울니는것은 사

랑이아니고 무엇이여요

眞珠

언제인지 내가 바다ㅅ가에가서 조개를주섯지요 당신은 나의치마를 거더주섯서요 진흙뭇는다고

집에와서는 나를 어린아기갓다고 하섯지오 조개를주서다가 작난한다고 그러고 나가시더니 금강석을 사다주섯슴니다 당신이

나는 그때에 조개속에서 진주를어더서 당신의적은주머니에 너드렷슴니다

당신이 어듸 그진주를 가지고기서요 잠시라도 웨 남을빌녀주서요

슯음의三昧

하늘의푸른빗과가티 깨끗한 죽엄은 群動을淨化합니다
虛無의빗(光)인 고요한밤은 大地에君臨하얏슴니다
힘업는초ㅅ불아레에 사릿드리고 외로히누어잇는 오々 님이어
눈물의바다에 꼿배를씌엇슴니다
꼿배는 님을실ㅅ고 소리도업시 가러안젓슴니다
나는 슯음의三昧에「我空」이되얏슴니다

꼿향긔의 무르녹은안개에 醉하야 靑春의曠野에 비틀거름치는 美人
이어
죽엄을 기럭이털보다도 가벼읍게여기고 가슴에서타오르는 불꼿을 어

름처럼마시는 사랑의狂人이어

아々 사랑에병드러 自己의사랑에게 自殺을勸告하는 사랑의失敗者여

그대는 滿足한사랑을 밧기위하야 나의팔에안겨요

나의팔은 그대의사랑의 分身인줄을 그대는 웨모르서요

의심하지마서요

의심하자마서요 당신과 써러저잇는 나에게 조금도 의심을두지마서요

의심을둔대야 나에게는 별로관계가업스나 부지럽시 당신에게 苦痛의數字만 더할뿐임니다

나는 당신의첫사랑의팔에 안길째에 왼갓거짓의옷을 다벗고 세상에나온그대로의 발게버슨몸을 당신의압헤 노앗슴니다 지금까지도 당신의압헤는 그때에노아둔몸을 그대로밧들고 잇슴니다

만일 人爲가잇다면 「엇지하여야 츰마음을변치안코 씃々내 거짓업는

몸을 님에게바칠고」하는 마음뿐임니다
당신의命令이라면 生命의옷까지도 벗것슴니다

나에게 죄가잇다면 당신을그리워하는 나의「슯음」임니다
당신이 가실째에 나의입설에 수가업시 입마추고「부대 나에게대하야
슯어하지말고 잘잇스라」고한 당신의 간절한부탁에 違反되는까닭임니
다

그러나 그것만은 용서하야주서요
당신을 그리워하는 슯음은 곳나의生命인까닭임니다
만일용서하지아니하면 後日에 그에대한罰을 風雨의봄새벽의 落花의數
만치라도 밧것슴니다

당신의 사랑의동아줄에 휘감기는 體刑도 사양치안컷슴니다
당신의 사랑의酷法아레에 일만가지로服從하는 自由刑도 밧것슴니다

그러나 당신이 나에게 의심을두시면 당신의 의심의허물과 나의 슯
음의죄를 맛비기고 말것슴니다

당신에게 쎠러저잇는 나에게 의심을두지마서요 부지럽시 당신에게
苦痛의數字를 더하지마서요

당신은

당신은 나를보면 웨늘 웃기만하서요 당신의 찡그리는얼골을 좀 보
고십흔데
나는 당신을보고 찡그리기는 시려요 당신은 찡그리는얼골을 보기
시려하실줄을 압니다
그러나 써러진도화가 나러서 당신의입설을 슬칠때에 나는 이마가
찡그려지는줄도 모르고 울고십헛슴니다
그래서 금실로수노은 수건으로 얼골을가렷슴니다

幸福

나는 당신을사랑하고 당신의행복을 사랑함니다 나는 왼세상사람이 당신을사랑하고 당신의행복을 사랑하기를 바람니다

그러나 정말로 당신을사랑하는사람이 잇다면 나는 그사람을 미워하것슴니다 그사람을미워하는것은 당신을사랑하는마음의 한부분임니다

그럼으로 그사람을미워하는고통도 나에게는 행복임니다

만일 왼세상사람이 당신을미워한다면 나는 그사람을 얼마나미워하것슴닛가

만일 왼세상사람이 당신을 사랑하지도안코 미워하지도안는다면 그것은 나의일생에 견딜수업는 불행임니다

만일 왼세상사람이 당신을사랑하고자하야 나를미워한다면 나의행복
은 더클수가업슴니다
그것은 모든사람의 나를미워하는 怨恨의豆滿江이 깁흘수록 나의 당
신을사랑하는 幸福의白頭山이 놉허지는 까닭임니다

錯認

나려오서요 나의마음이 자릿〱하여요 곳나려오서요
사랑하는님이어 엇지 그러케놉고간은 나무가지위에서 춤을추서요
두손으로 나무가지를 단〻히붓들고 고히〱나려오서요
에그 저나무닙새가 련꼿봉오리가튼 입설을 슬치것네 어서나려오서요

「네 네 나려가고십흔마음이 잠자거나 죽은것은 아님니다마는 나는 아시는바와가티 여러사람의님인때문이여요 향긔로은 부르심을 거스르고자하는것은 아님니다」고 버들가지에걸닌 반달은 해쭉〱우스면서 이러케말하는듯 하얏습니다

나는 작은풀닙만치도 가림이업는 발게버슨 부끄럼을 두손으로 움켜쥐고 빠른거름으로 잠ㅅ자리에 드러가서 눈을감고누엇슴니다

나려오지안는다든 반달이 삽분삽분거러와서 창밧게숨어서 나의눈을 엿봄니다

부끄럽든마음이 갑작히 무서워서 떨녀짐니다

밤은고요하고

밤은고요하고 방은 물로시친듯함니다

이불은개인채로 엽헤노아두고 화로ㅅ불을 다듬거리고 안젓슴니다

밤은얼마나되얏는지 화로ㅅ불은써저서 찬재가되얏슴니다

그러나 그를사랑하는 나의마음은 오히려 식지아니하얏슴니다

닭의소리가 채 나기전에 그를맛나서 무슨말을하얏는데 꿈조처 분명치안슴니다 그려

秘密

秘密입닛가 秘密이라니요 나에게 무슨秘密 이잇것슴닛가
나는 당신에게대하야 秘密을지키랴고 하얏슴니다마는 秘密은 야속히도 지켜지지 아니하얏슴니다

나의 秘密은 눈물을것처서 당신의視覺으로 드러갓슴니다
나의秘密은 한숨을것처서 당신의聽覺으로 드러갓슴니다
나의秘密은 떨니는가슴을것처서 당신의觸覺으로 드러갓슴니다
그밧긔秘密은 한쪼각붉은마음이 되야서 당신의꿈으로 드러갓슴니다
그러고 마즈막秘密은 하나잇슴니다 그러나 그秘密은 소리업는 매아리와 가타서 表現할수가 업슴니다

사랑의存在

사랑을 「사랑」이라고하면 발써 사랑은아님니다
사랑을 이름지을만한 말이나글이 어데잇슴닛가
微笑에눌녀서 괴로은듯한 薔薇빗입설인들 그것을 슬칠수가잇슴닛가
눈물의뒤에 숨어서 슯음의黑闇面을 反射하는 가을물ㅅ결의눈인들 그것을 비칠수가잇슴닛가
그림자업는구름을 것처서 메아리업는絶壁을 것처서 마음이갈ㅅ수업는바다를 것처서 存在? 存在임니다
그나라는 國境이업슴니다 壽命은 時間이아님니다
사랑의存在는 님의눈과 님의마음도 알지못함니다
사랑의秘密은 다만 님의手巾에繡놋는 바늘과 님의심으신 꼿나무와

님의잠과 詩人의想像과 그들만이 압니다

꿈과 근심

밤근심이 하 길기에
꿈도길줄 아럿더니
님을보러 가는길에
반도못가서 깨엇고나
새벽꿈이 하 쩌르기에
근심도 짜를줄 아럿더니
근심에서 근심으로
끗간데를 모르것다

만일 님에게도
꿈과근심이 잇거든
차라리
근심이 꿈되고 꿈이 근심되여라

葡萄酒

가을바람과 아츰볏에 마치맛게익은 향긔로은포도를 싸서 술을비젓
슴니다 그술고이는향긔는 가을하늘을 물드림니다
님이어 그술을 련닙잔에 가득히부어서 님에게 드리것슴니다
님이어 썰니는손을것처서 타오르는입설을 취기서요
님이어 그술은 한밤을지나면 눈물이됨니다
아아 한밤을지나면 포도주가 눈물이되지마는 또한밤을지나면 나의
눈물이 다른포도주가됨니다 오오 님이어

誹謗

세상은 誹謗도만코 猜忌도만슴니다
당신에게 誹謗과猜忌가 잇슬지라도 關心치마서요
誹謗을조아하는사람들은 太陽에 黑點이잇는것도 다행으로 생각합니다

당신에게대하야는 誹謗할것이업는 그것을 誹謗할는지 모르것슴니다

조는獅子를 죽은羊이라고 할지언정 당신이 試鍊을밧기위하야 盜賊에게 捕虜가되얏다고 그것을 卑劫이라고할수는 업슴니다

달빗을 갈쯧으로알고 흰모래위에서 갈마기를이웃하야 잠자는 기력이를 음탄하다고할지언정 正直한당신이 狡滑한誘惑에 속혀서 靑樓에

드러갓다고 당신을 持操가업다고할수는 업슴니다
당신에게 誹謗과猜忌가 잇슬지라도 關心치마서요

「?」

희미한조름이 활발한 님의발자최소리에 놀나깨여 무거은눈섭을 이기지못하면서 창을열고 내다보앗슴니다

동풍에몰니는 소낙비는 산모롱이를 지나가고 뜰압희 파초닙위에 비ㅅ소리의 남은音波가 그늬를뜁니다

感情과理智가 마조치는 刹那에 人面의惡魔와 獸心의天使가 보이랴다 사러짐니다

흔드러깨는 님의노래가락에 첫잠든 어린잔나비의 애처로은꿈이 떠러지는소리에 깨엇슴니다

죽은밤을지키는 외로은등잔ㅅ불의 구슬꼿이 제무게를 이기지못하야 고

요히떠러짐니다
미친불에 타오르는 불상한靈은 絕望의北極에서 新世界를探險함니다
沙漠의꼿이어 금음밤의滿月이어 님의얼골이어
픠랴는 薔薇花는 아니라도 갈지안한白玉인 純潔한나의넙설은 微笑에沐浴감는 그입설에 채닷치못하얏슴니다
움지기지안는 달빗에 눌니운 창에는 저의털을가다듬는 고양이의 그림자가 오르락나리락함니다
아아 佛이냐 魔냐 人生이 띄끌이냐 꿈이 黃金이냐
적은새여 바람에흔들ㆍ는 약하가지에서 잠자는 적은새여

님의손ㅅ길

님의사랑은 鋼鐵을녹이는불보다도 ᄯᅳ거은데 님의손ㅅ길은 너미차서
限度가업습니다

나는 이세상에서 서늘한것도보고 찬것도보앗습니다 그러나 님의손
ㅅ길가티찬것은 볼수가업습니다

국화핀 서리아츰에 ᄯᅥ러진닙새를 울니고오는 가을바람도 님의손ㅅ
길보다는 차지못함니다

달이적고 별에ᄲᅮᆯ나는 겨을밤에 어름위에 싸인눈도 님의손ㅅ길보다
는 차지못함니다

甘露와가티淸凉한 禪師의說法도 님의손ㅅ길보다는 차지못함니다

나의적은가슴에 타오르는불꼿은 님의손ㅅ길이아니고는 끄는수가업습니다

님의손ㅅ길의溫度를 測量할만한 寒暖計는 나의가슴밧게는 아모데도 업습니다

님의사랑은 불보다도 뜨거워서 근심山을 태우고 恨바다를 말니는데 님의손ㅅ길은 너머도차서 限度가업습니다

海棠花

당신은 해당화픠기전에 오신다고하얏슴니다 봄은벌써 느젓슴니다
봄이오기전에는 어서오기를 바랏더니 봄이오고보니 너머일즉왓나 두려함니다
철모르는아해들은 뒤ㅅ동산에 해당화가픠엿다고 다투어말하기로 듯고도 못드른체 하얏더니
야속한 봄바람은 나는꼿을부러서 경대위에노임니다 그려
시름업시 꼿을주어서 입설에대히고 「너는언제픠엿니」 하고 무럿슴니다
꼿은 말도업시 나의눈물에비처서 둘도되고 셋도됨니다

당신을보앗슴니다

당신이가신뒤로 나는 당신을이즐수가 업슴니다
까닭은 당신을위하나니보다 나를위함이 만슴니다

나는 갈고심을땅이 업슴으로 秋收가업슴니다
저녁거리가업서서 조나감자를꾸러 이웃집에 갓더니 主人은 「거지는
人格이업다 人格이업는사람은 生命이업다 너를도아주는것은 罪惡이다」
고 말하얏슴니다

그말을듯고 도러나올때에 쏘더지는눈물속에서 당신을보앗슴니다

나는 집도업고 다른까닭을겸하야 民籍이업슴이다

「民籍업는者는 人權이업다 人權이업는너에게 무슨貞操냐」하고 凌辱하랴는將軍이 잇섯슴니다

그를抗拒한뒤에 남에게대한激憤이 스스로의슯음으로化하는刹那에 당신을보앗슴니다

아아 왼갓 倫理、道德、法律은 칼과黃金을祭祀지내는 烟氣인줄을 아럿슴니다

永遠의사랑을 바들ㅅ가 人間歷史의첫페지에 잉크칠을할ㅅ가 술을말실ㅅ가 망서릴때에 당신을보앗슴니다

비

비는 가장큰權威를가지고 가장조흔機會를줍니다
비는 해를가리고 하늘을가리고 세상사람의눈을 가림니다
그러나 비는 번개와무지개를 가리지안습니다

나는 번개가되야 무지개를타고 당신에게가서 사랑의팔에 감기고자 함니다
비오는날 가만히가서 당신의沈默을 가저온대도 당신의主人은 알수가업습니다

만일 당신이 비오는날에 오신다면 나는 蓮닙으로 웟옷을지어서 보

내것습니다

당신이 비오는날에 蓮닙옷을입고오시면 이세상에는 알사람이 업습니다

당신이 비ㅅ가온대로 가만히오서서 나의눈물을 가저가신대도 永遠한秘密이 될것임니다

비는 가장큰權威를가지고 가장조흔機會를줌니다

服從

남들은 自由를사랑한다지마는 나는 服從을조아하야요
自由를모르는것은 아니지만 당신에게는 服從만하고십허요
服從하고십흔데 服從하는것은 아름다은自由보다도 달금함니다 그것이 나의幸福임니다

그러나 당신이 나더러 다른사람을服從하라면 그것만은 服從할수가업슴니다
다른사람을 服從하라면 당신에게 服從할수가업는 까닭임니다

참어주서요

나는 당신을 리별하지아니할수가 업습니다 님이여 나의리별을 참어주서요

당신은 고개를넘어갈때에 나를도러보지마서요 나의몸은 한적은모래속으로 드러가랴함니다

님이어 리별을참을수가업거든 나의죽엄을 참어주서요

나의生命의배는 부끄럼의 땀의바다에서 스스로爆沈하랴함니다 님이어 님의입김으로 그것을부러서 속히잠기게 하야주서요 그러고 그것을 우서주서요

님이어 나의죽엄을 참을수가업거든 나를사랑하지마러주서요 그리하고 나로하야금 당신을사랑할수가업도록 하야주서요

나의몸은 터럭하나도 빼지아니한채로 당신의품에 사러지것슴니다

님이어 당신과내가 사랑의속에서 하나가되는것을 참어주서요 그리하야 당신은 나를사랑하지말고 나로하야금 당신을사랑할수가업도록 하야주서요 오오 님이어

어늬것이참이냐

엷은紗의帳幕이 적은바람에 휘둘녀서 處女의꿈을 휩싸듯이 자최도업는 당신의사랑은 나의青春을 휘감음니다

발딱거리는 어린피는 고요하고맑은 天國의音樂에 춤을추고 헐떡이는 적은靈은 소리업시떠러지는 天花의그늘에 잠이듬니다

간은봄비가 드린버들에 둘녀서 푸른연긔가되듯이 끗도업는 당신의情실이 나의잠을 얼금니다

바람을따러가랴는 써른꿈은 이불안에서 몸부림치고 강건너사람을부르는 밧분잠꼬대는 목안에서 그늬를뜀니다

비낀달빗이 이슬에저진 꼿숩풀을 싸락이처럼부시듯이 당신의 떠난
恨은 드는칼이되야서 나의애를 도막々々 끈어노앗슴니다
문밧긔 시내물은 물ㅅ결을보태랴고 나의눈물을바드면서 흐르지안슴
니다
봄 산의 미친바람은 꼿떠러트리는힘을 더하랴고 나의한숨을 기다리
고 섯슴니다

情天恨海

가을하늘이 놉다기로
情하늘을 따를소냐
봄바다가 깁다기로
恨바다만 못하리라

놉고놉흔 情하늘이
시른것은 아니지만
손이 나저서
오르지 못하고
깁고깁흔 恨바다가

默 沈 의 님

병될것은 업지마는
다리가 쩔너서
건느지 못한다

손이 자래서 오를수만 잇스면
情하늘은 놉흘수록 아름답고
다리가 기러서 건늘수만 잇스면
恨바다는 깁흘수록 묘하니라

만일 情하늘이 무너지고 恨바다가 마른다면
차라리 情天에 써러지고 恨海에 빠지리라

님의 沈默

아々 情하늘이 놉흔줄만 아럿더니
님의이미보다는 낫다
아々 恨바다가 깁흔줄만 아럿더니
님의무릅보다는 엿다

손이야 낫든지 다리야 써르든지
情하늘에 오르고 恨바다를 건느랴면
님에게만 안기러라

첫「키쓰」

마서요 제발마서요
보면서 못보는체마서요
마서요 제발마서요
입설을다물고 눈으로말하지마서요
마서요 제발마서요
뜨거은사랑에 우스면서 차듸찬잔부끄럼에 울지마서요
마서요 제발마서요
世界의꼿을 혼저따면서 亢奮에넘처서 떨지마서요
마서요 제발마서요
微笑는 나의運命의가슴에서 춤을춤니다 새삼스럽게 스스러워마서요

禪師의說法

나는 禪師의說法을 드럿슴니다

「너는 사랑의쇠사실에 묵겨서 苦痛을밧지말고 사랑의줄을끈어라 그러면 너의마음이 질거우리라」고 禪師는 큰소리로 말하얏슴니다

그禪師는 어지간히 어리석슴니다

사랑의줄에 묵기운것이 압흐기는 압흐지만 사랑의줄을끈으면 죽는것보다도 더압흔줄을 모르는말임니다

사랑의束縛은 단々히 얼거매는것이 푸러주는것임니다

그럼으로 大解脫은 束縛에서 엇는것임니다

님이어 나를얽은 님의사랑의줄이 약할가버서 나의 님을사랑하는줄

율 곱드렷슴니다

그를보내며

그는간다 그가가고십허서 가는것도 아니오 내가보내고십허서 보내는것도 아니지만 그는간다

그의 붉은입설 흰니 간은눈ㅅ섭이 어엽분줄만 아럿더니 구름가튼 뒤ㅅ머리 실버들가튼허리 구슬가튼발꿈치가 보다도 아름답습니다

거름이 거름보다 머러지더니 보이랴다말고 말랴다보인다

사람이머러질수록 마음은가까워지고 마음이가까워질수록 사람은머러진다

보이는듯한것이 그의 흔드는수건인가 하얏더니 갈마기보다도적은 쪼각구름이난다

金剛山

萬二千峯! 無恙하냐 金剛山아
너는 너의님이 어데서무엇을하는지 아너냐
너의님은 너때문에 가슴에서타오르는 불쏫에 왼갓 宗敎、哲學、名譽、財産 그외에도 잇스면잇는대로 태여버리는줄을 너는모릅니라
너는 쏫에붉은것이 너냐
너는 입헤푸른것이 너냐
너는 丹楓에醉한것이 너냐
너는 白雪에깨인것이 너냐

나는 너의沈默을 잘안다
너는 철모르는아해들에게 종작업는讚美를바드면서 싯분우슴을참고 고
요히잇는줄을 나는잘안다

그러나 너는 天堂이나 地獄이나 하나만가지고 잇스렴으나
꿈업는잠처럼 깨끗하고 單純하란말이다
나도 쩌른갈궁이로 江건너의꼿을 꺽는다고 큰말하는 미친사람은 아
니다 그래서 沈着하고單純하랴고한다
나는 너의입김에 불녀오는 쪼각구름에 「키쓰」한다

萬二千峯! 無恙하냐 金剛山아
너는 너의님이 어데서무엇을하는지 모르지

님의얼골

님의얼골을「어엽부」다고 하는말은 適當한말이아님니다
어엽부다는말은 人間사람의얼골에 대한말이오 님은 人間의것이라고
할수가 업슬만치 어엽분까닭임니다
自然은 엇지하야 그러케어엽분님을 人間으로보낸는지 아모리생각하
야도 알수가업슴니다
알것슴니다 自然의가온대에는 님의짝이될만한무엇이 업는까닭임니다
님의입설가튼 蓮꼿이 어데잇서요 님의살빗가튼 白玉이 어데잇서요
봄湖水에서 님의눈ㅅ결가튼 잔물ㅅ결을 보앗슴닛가 아츰볏에서 님의

微笑가튼 芳香을 드럿슴닛가

天國의音樂은 님의노래의反響임니다 아름다은별들은 님의눈빗의化現임니다

아々 나는 님의그림자여요

님은 님의그림자밧게는 비길만한것이 업슴니다

님의얼골을 어엽부다고하는말은 適當한말이아님니다

심은 버들

뜰압헤 버들을심어
님의말을 매럇드니
님은 가실때에
버들을꺽어 말채칙을 하얏슴니다

버들마다 채칙이되야서
님을따르는 나의말도 채칠까하얏드니
남은가지 千萬絲는
해마다 해마다 보낸恨을 잡어맴니다

樂園은가시덤풀에서

죽은줄아럿든 매화나무가지에 구슬가튼꽃방울을 매처주는 쇠잔한눈위에 가만히오는 봄긔운은 아름답기도함니다

그러나 그밧게 다른하늘에서오는 알수업는향긔는、 모든꽃의죽엄을 가지고다니는 쇠잔한눈이 주는줄을 아심닛가

구름은가늘고 시내물은엿고 가을산은 비엇는데 파리한바위새이에 실컷붉은단풍은 곱기도함니다

그러나 단풍은 노래도부르고 우름도움니다 그러한「自然의人生」은、가을바람의꿈을따러 사러지고 記憶에만남어잇는 지난여름의 무르녹은綠陰이 주는줄을 아심닛가

一莖草가 丈六金身이되고 丈六金身이 一莖草가됨니다
天地는 한보금자리오 萬有는 가튼小鳥임니다
나는 自然의거울에 人生을비처보앗슴니다
苦痛의가시덤풀뒤에 歡喜의樂園을 建設하기위하야 님을써난 나는 아
아 幸福임니다

참말인가요

그것이참말인가요 님이어 속임업시 말슴하야주서요
당신을 나에게서 빼아서간 사람들이 당신을보고「그대는 님이업다」고 하얏다지오
그래서 당신은 남모르는곳에서 울다가 남이보면 우름을 우슴으로변한다지오
사람의 우는것은 견딜수가업는것인데 울기조처 마음대로못하고 우슴으로변하는것은 죽엄의맛보다도 더쓴것임니다
그러면 나는 그것을변명하지안코는 견딜수가업슴니다
나의生命의꼿가지를 잇는대로꺽거서 花環을만드러 당신의목에걸고「이것이 님의님이라」고 소리처말하것슴니다

그것이참말인가요 님이어 속임업시 말슴하야수서요

당신을 나에게서 빼아서간 사람들이 당신을보고 「그대의 님은 우리가 구하야준다」고 하얏다지오

그래서 당신은 「獨身生活을하것다」고 하얏다지오

그러면 나는 그들에게 분푸리를하지안코는 견딜수가업슴니다

만치안한 나의피를 더운눈물에 석거서 피에목마른 그들의칼에뿌리고「이것이 님의님이라」고 우름석거서 말하것슴니다

꼿이먼저아러

옛집을떠나서 다른시골에 봄을맛낫슴니다
꿈은 잇다금 봄바람을따러서 아득한옛터에 이름니다
지팽이는 푸르고푸른 풀빗에 무처서 그림자와 서로따름니다
길가에서 이름도모르는꼿을 보고서 행혀 근심을이질ㅅ가하고 안젓슴니다
꼿송이에는 아츰이슬이 아즉마르지아니한가 하얏더니 아々 나의눈물이 떠러진줄이야 꼿이먼저아럿슴니다

讚頌

님이어 당신은 百番이나鍛鍊한金결임니다
뽕나무뿌리가 珊瑚가되도록 天國의사랑을 바듭소서
님이어 사랑이어 아츰볏의 첫거름이어

님이어 당신은 義가무거읍고 黃金이가벼은것을 잘아심니다
거지의 거친밧헤 福의씨를 뿌리옵소서
님이어 사랑이어 옛梧桐의 숨은소리여

님이어 당신은 봄과光明과平和를 조아하심니다
弱者의가슴에 눈물을뿌리는 慈悲의菩薩이 되옵소서

默 沈 의 님

님이어 사랑이어 어름바다에 봄바람이어

論介의愛人이되야서그의廟에

날과밤으로 흐르고흐르는 南江은 가지안습니다

바람과비에 우두커니섯는 矗石樓는 살가른光陰을따러서 다름질침니다

論介여 나에게 우름과우슴을 同時에주는 사랑하는論介여

그대는 朝鮮의무덤가온대 피엿든 조흔꼿의하나이다 그래서 그향긔는 썩지안는다

나는 詩人으로 그대의愛人이되얏노라

그대는어데잇너뇨 죽지안한그대가 이세상에는업고나

나는 黃金의칼에베혀진 꼿과가티 향긔롭고 애처로은 그대의當年을

回想한다
술향거에목마친 고요한노래는 獄에무친 썩은칼을 울녓다
춤추는소매를 안고도는 무서운찬바람은 鬼神나라의꼿숩풀을 거처서 써
러지는해를 얼녓다
간얄핀 그대의마음은 비록沈着하얏지만 썰니는것보다도 더욱무서웟
다
아름답고無毒한 그대의눈은 비록우섯지만 우는것보다도 더욱슯엇다
붉은듯하다가 푸르고 푸른듯하다가 희여지며 가늘게썰니는 그대의
입설은 우슴의朝雲이냐 우름의暮雨이냐 새벽달의秘密이냐 이슬꼿의象
徵이냐
쌔비가튼 그대의손에 꺽기우지못한 落花臺의남은꼿은 부끄럼에醉하
야 얼골이붉엇다

玉가튼 그대의발꿈치에 밟히운 江언적의 묵은이끼는 驕矜에넘처서 푸른紗籠으로 自己의題名을 가리엇다

아々 나는 그대도업는 빈무덤가튼집을 그대의집이라고 부름니다
만일 이름뿐이나마 그대의집도업스면 그대의이름을 불너볼機會가업는 까닭입니다

나는 꼿을사랑함니다 마는 그대의집에 픠여잇는꼿을 꺽글수는 업슴니다
그대의집에 픠여잇는꼿을 꺽그랴면 나의창자가 먼저꺽거지는 까닭임니다

나는 꼿을사랑함니다 마는 그대의집에 꼿을심을수는 업슴니다
그대의집에 꼿을심으랴면 나의가슴에 가시가 먼저심어지는 까닭임니

다

容恕하여요 論介여 金石가튼 굿은언약을 저바린것은 그대가아니오
나임니다

容恕하여요 論介여 쓸々하고호젓한 잠ㅅ자리에 외로히누어서 씨친
恨에 울고잇는것은 내가아니오 그대임니다

나의가슴에「사랑」의글ㅅ자를 黃金으로색여서 그대의祠堂에 紀念碑
를세운들 그대에게 무슨위로가 되오릿가

나의노래에「눈물」의曲調를 烙印으로찍어서 그대의祠堂에 祭鍾을울
닌대도 나에게 무슨贖罪가 되오릿가

나는 다만 그대의遺言대로 그대에게다 하지못한사랑을 永遠히 다른
女子에게 주지아니할뿐임니다 그것은 그대의얼골과가티 이즐수가업는

盟誓임니다
容恕하여요 論介여 그대가容恕하면 나의罪는 神에게 懺悔를아니한대도 사러지것슴니다

千秋에 죽지안는 論介여
하루도 살ㅅ수업는 論介여
그대를사랑하는 나의마음이 얼마나 질거으며 얼마나 슯흐것는가
나는 우슴이제워서 눈물이되고 눈물이제워서 우슴이됨니다
容恕하여요 사랑하는 오々 論介여

後悔

당신이계실때에 알뜰한사랑을 못하얏습니다
사랑보다 믿음이만코 질거움보다 조심이더하얏습니다
게다가 나의性格이冷淡하고 더구나 가난에쪼겨서 병드러누은 당신에게 도로혀 疏濶하얏습니다
그럼으로 당신이가신뒤에 써난근심보다 뉘우치는눈물이 만습니다

사랑하는ᄭᅡ닭

내가 당신을사랑하는것은 ᄭᅡ닭이업는것이 아님니다
다른사람들은 나의紅顔만을 사랑하지마는 당신은 나의白髮도 사랑
하는 ᄭᅡ닭임니다

내가 당신을긔루어하는것은 ᄭᅡ닭이업는것이 아님이다
다른사람들은 나의微笑만을 사랑하지마는 당신은 나의눈물도 사랑
하는 ᄭᅡ닭임니다

내가 당신을기다리는것은 ᄭᅡ닭이업는것이 아님니다
다른사람들은 나의健康만을 사랑하지마는 당신은 나의죽엄도 사랑

하는 까닭입니다

당신의편지

당신의편지가 왓다기에 꼿밧매든호믜를노코 떼여보앗슴니다

그편지는 글ㅅ시는 가늘고 글줄은 만하나 사연은 간단합니다

만일 님이쓰신편지이면 글은 쩌를지라도 사연은 길터인데

당신의편지가 왓다기에 바느질그릇을 치어노코 떼여보앗슴니다

그편지는 나에게 잘잇너냐고만 뭇고 언제오신다는말은 조금도업슴니다

만일 님이쓰신편지이면 나의일은 뭇지안터래도 언제오신다는말을 먼저썻슬터인데

당신의편지가 왓다기에 약을다리다말고 떼여보앗습니다

그편지는 당신의住所는 다른나라의軍艦임니다

만일 님이쓰신편지이면 남의軍艦에잇는것이 事實이라할지라도 편지에는 軍艦에서써낫다고 하얏슬터인데

거짓리별

당신과나와 리별한때가 언제인지 아심닛가
가령 우리가 조흘때로말하는것과가티 거짓리별이라할지라도 나의입
설이 당신의입설에 다치못하는것은 事實임니다

이거짓리별은 언제나 우리에게서 떠날것인가요
한해두해 가는것이 얼마아니된다고 할수가업슴니다
시드러가는 두볼의桃花가 無情한봄바람에 몃번이나슬처서 落花가될
가요
灰色이되여가는 두귀밋의 푸른구름이 쪼이는가을볏에 얼마나바래서
白雪이될가요

머리는 희여가도 마음은 붉어감니다
피는 식어가도 눈물은 더워감니다
사랑의언덕엔 사태가나도 希望의바다엔 물ㅅ결이뛰노러요

이른바 거짓리별이 언제든지 우리에게서 써날줄만은 아러요
그러나 한손으로 리별을가지고가는 날(日)은 또한손으로 죽엄을가
지고와요

꿈이라면

사랑의束縛이 꿈이라면
出世의解脫도 꿈임니다
우숨과눈물이 꿈이라면
無心의光明도 꿈임니다
一切萬法이 꿈이라면
사랑의꿈에서 不滅을엇겟슴니다

달을보며

달은밝고 당신이 하도긔루엇습니다
자던옷을 고처입고 뜰에나와 퍼지르고안저서 달을한참보앗습니다

달은 차々々 당신의얼골이 되더니 넓은이마 둥근코 아름다은수염
이 녁々히보임니다
간해에는 당신의얼골이 달로보이더니 오날밤에는 달이 당신의얼골
이됨니다

당신의얼골이 달이기에 나의얼골도 달이되얏슴니다
나의얼골은 금음달이된줄을 당신이아심닛가

님의 沈默

아々 당신의얼골이 달이기에 나의얼골도 달이되얏슴니다

因果律

당신은 옛盟誓을깨치고 가십니다

당신의盟誓는 얼마나참되얏습닛가 그盟誓를깨치고가는 리별은 미듬수가 업습니다

참盟誓를깨치고가는 리별은 옛盟誓로 도러올줄을 암니다 그것은 嚴肅한因果律임니다

나는 당신과떠날때에 입마춘입설이 마르기전에 당신이도러와서 다시입마추기를 기다림니다

그러나 당신의가시는것은 옛盟誓를깨치랴는故意가 아닌줄을 나는암니다

비겨 당신이 지금의리별을 永遠히 깨치지안는다하야도 당신의 最
後의接觸을바든 나의입설을 다른男子의입설에 대일수는 업슴니다

잠꼬대

「사랑이라는것은 다무엇이냐 진정한사람에게는 눈물도업고 우슴도업는것이다

사랑의뒤웅박을 발길로차서 깨트려버리고 눈물과우슴을 띄끌속에 合葬을하여라

理智와感情을 두듸려깨처서 가루를만드러버려라

그러고 虛無의絶頂에 올너가서 어지럽게춤추고 미치게노래하여라

그러고 愛人과惡魔를 똑가티 술을먹여라

그러고 天癡가되던지 미치광이가되던지 산송장이되던지 하야버려라

그레 너는 죽어도 사랑이라는것은 버릴수가업단말이냐

그러커든 사랑의뽕문이에 도퉁태를다려라
그래서 네멋대로 끌고도러다니다가 쉬고십흐거든 쉬고 자고십흐거든 자고 살고십흐거든 살고 죽고십흐거든 죽어라
사랑의발바닥에 말목을처노코 붓들고서々 엉々우는것은 우수은일이다
이세상에는 이마빡에다 「님」이라고 색이고다니는 사람은 하나도 업다
戀愛는 絶對自由요 貞操는 流動이요 結婚式場은 林間이다」
나는 잠ㅅ결에 큰소리로 이러케 부르짓다
아々 惑星가티빗나는 님의微笑는 黑闇의光線에서 채 사러지지아니하얏습니다
잠의나라에서 몸부림치든 사랑의눈물은 어늬덧 벼개를적섯습니다

容恕하서요 님이어 아모리 잠이지은허물이라도 님이 罰을주신다면
그罰을 잠을주기는 실습니다

桂月香에게

桂月香이어 그대는 아릿다웁고 무서은 最後의 微笑를 거두지아니한
채로 大地의 寢臺에 잠드럿슴니다

나는 그대의 多情을 슯어하고 그대의 無情을 사랑함니다

大同江에 낙시질하는사람은 그대의노래를듯고 牧丹峯에 밤노리하는
사람은 그대의얼골을봄니다
아해들은 그대의산이름을 외우고 詩人은 그대의죽은그림자를 노래
함니다

사람은 반듯이 다하지못한恨을 끼치고 가게되는것이다

그대는 남은恨이 잇는가업는가 잇다면 그恨은무엇인가

그대는 하고십흔말을 하지안습니다

그대의 붉은恨은 絢爛한저녁놀이되야서 하늘길을 가로막고 荒凉한 써러지는날을 도리키고자합니다

그대의 푸른근심은 드리고드린 버들실이 되야서 쏫다은무리를 뒤에두고 運命의길을써나는 저문봄을 잡어매랴합니다

나는 黃金의소반에 아츰볏을바치고 梅花가지에 새봄을걸어서 그대의 잠자는겻헤 가만히 노아드리것습니다

자 그러면 속하면 하루ㅅ밤 더듸면 한겨울 사랑하는桂月香이어

滿 足

세상에 滿足이잇너냐 人生에게 滿足이잇너냐
잇다면 나에게도 잇스리라

세상에 滿足이 잇기는잇지마는 사람의압헤만잇다
距離는 사람의팔기리와갓고 速力은 사람의거름과 比例가된다
滿足은 잡을내야 잡을수도업고 버릴내야 버릴수도업다

滿足을 엇고보면 어든것은 不滿足이오 滿足은 依然히 압헤잇다
滿足은 愚者나聖者의 主觀的所有가아니면 弱者의期待뿐이다
滿足은 언제든지 人生과 竪的平行이다

나는 차라리 발꿈치를몰너서 滿足의묵은자최를 밟을까하노라

아々 나는 滿足을어덧노라

아즈랑이가튼꿈과 金실가튼幻想이 님기신꽃동산에 둘닐때에 아々 나
는 滿足을어덧노라

反比例

당신의소리는「沈默」인가요
당신이 노래를부르지 아니하는때에 당신의노래가락은 역력히들님니다 그려
당신의소리는 沈默이여요

당신의얼골은「黑闇」인가요
내가 눈을감은때에 당신의얼골은 분명히보임니다 그려
당신의얼골은 黑闇이여요

당신의그림자는「光明」인가요

당신의그림자는 달이너머간뒤에 어두은창에 비침니다 그려
당신의그림자는 光明이여요

눈물

내가본사람가온대는 눈물을眞珠라고하는사람처럼 미친사람은 업습니다

그사람은 피를紅寶石이라고하는사람보다도 더미친사람임니다
그것은 戀愛에失敗하고 黑闇의岐路에서 헤매는 늙은處女가아니면 神經이 畸形的으로된 詩人의 말임니다
만일 눈물이眞珠라면 나는 님이信物로주신반지를 내노코는 세상의 眞珠라는眞珠는 다씌끌속에 무더버리것슴니다

나는 눈물로裝飾한玉珮를 보지못하얏슴니다
나는 平和의잔치에 눈물의술을 마시는것을 보지못하얏슴니다

내가본사람가온대는 눈물을眞珠라고하는사람처럼 어리석은사람은 업슴니다

아니여요 님의주신눈물은 眞珠눈물이여요

나는 나의그림자가 나의몸을 써날때까지 님을위하야 眞珠눈물을 흘니것슴니다

아々 나는 날마다々々々 눈물의仙境에서 한숨의玉笛을 듯슴니다

나의눈물은 百千줄기라도 방울々々이 創造임니다

눈물의구슬이어 한숨의봄바람이어 사랑의聖殿을莊嚴하는 無等々의寶物이어

아々 언제나 空間과時間을 눈물로채워서 사랑의世界를 完成할ㅅ가요

어데라도

아츰에 이러나서 세수하랴고 대야에 물을떠다노으면 당신은 대야안의 간은물ㅅ결이 되야서 나의얼골그림자를 불상한아기처럼 얼너줌니다

근심을이즐ㅅ가하고 쏫동산에거닐때에 당신은 쏫새이를슬처오는 봄바람이 되야서 시름업는 나의마음에 쏫향긔를 무처주고 감니다

당신을기다리다못하야 잠ㅅ자리에 누엇더니 당신은 고요한어둔빗이 되야서 나의잔부끄럼을 살뜰이도 덥허줌니다

어데라도 눈에보이는데마다 당신이게시기에 눈을감고 구름위와 바다밋을 차저보앗슴니다

당신은 微笑가되여서 나의마음에 숨엇다가 나의감은눈에 입마추고

「네가 나를보너냐」고 嘲弄함니다

ᄯᅥ날ᄯᅢ의님의얼골

ᄭᅩᆺ은 ᄯᅥ러지는향긔가 아름답습니다
해는 지는빗이 곱습니다
노래는 목마친가락이 묘함니다
님은 ᄯᅥ날ᄯᅢ의얼골이 더욱어엽븜니다

ᄯᅥ나신뒤에 나의 幻想의눈에비치는 님의얼골은 눈물이업는눈으로는 바로볼수가업슬만치 어엽불것임니다

님의 ᄯᅥ날ᄯᅢ의 어엽분얼골을 나의눈에 색이것슴니다
님의얼골은 나를울니기에는 너머도 야속한듯하지마는 님을사랑하기 위하야는 나의마음을 질거읍게할수가 업슴니다

만일 그어엽분얼골이 永遠히 나의눈을떠난다면 그때의슯음은 우는것보다도 압흐것슴니다

最初의님

맨츰에맛난 님과님은 누구이며 어늬때인가요
맨츰에리별한 님과님은 누구이며 어늬때인가요
맨츰에맛난 님과님이 맨츰으로 리별하얏슴닛가 다른님과님이 맨츰으로 리별하얏슴닛가

나는 맨츰에맛난 님과님이 맨츰으로 리별한줄로 암니다
맛나고 리별이업는것은 님이아니라 나임니다
리별하고 맛나지안는것은 님이아니라 길가는사람임니다
우리들은 님에대하야 맛날때에 리별을념녀하고 리별할때에 맛남을 긔약함니다

그것은 맨츰에맛난 님과님이 다시리별한 遺傳性의痕跡임니다

그럼으로 맛나지안는것도 님이아니오 리별이업는것도 님이아님니다

님은 맛날때에 우슴을주고 떠날때에 눈물을줌니다

맛날때의우슴보다 떠날때의눈물이 조코 떠날때의눈물보다 다시맛나
는우슴이 좃슴니다

아々 님이어 우리의 다시맛나는우슴은 어느때에 잇슴닛가

두견새

두견새는 실컷운다
울다가 못다울면
피를흘녀 운다

리별한恨이냐 너뿐이랴마는
울내야 울지도못하는 나는
두견새못된恨을 또다시 엇지하리

야속한 두견새는
도러갈곳도업는 나를 보고도

「不如歸々々々」

나의 꿈

당신이 맑은새벽에 나무그늘새이에서 산보할때에 나의꿈은 적은별
이되야서 당신의머리위에 지키고잇것슴니다
당신이 여름날에 더위를못이기여 낫잠을자거든 나의꿈은 맑은바람
이되야서 당신의周圍에 떠돌것슴니다
당신이 고요한가을밤에 그윽히안저서 글을볼때에 나의꿈은 귀따람
이가되야서 책상밋헤서 「귀뚤々々」울것슴니다

우는때

꼿핀아츰 달밝은저녁 비오는밤 그때가 가장님그리운때라고 남들은 말합니다

나도 가튼고요한때로는 그때에 만히우럿슴니다

그러나 나는 여러사람이모혀서 말하고노는때에 더울게됨니다

님잇는 여러사람들은 나를위로하야 조흔말을합니다마는 나는 그들의 위로하는말을 조소로듯슴니다

그때에는 우름을삼켜서 눈물을 속으로 창자를향하야 흘림니다

타골의詩(GARDENISTO)를읽고

벗이어 나의벗이어 愛人의무덤위의 픠여잇는 꼿처럼 나를울니는 벗이어
적은새의자최도업는 沙漠의밤에 문득맛난님처럼 나를깃부게하는 벗이어
그대는 옛무덤을깨치고 하늘까지사못치는 白骨의香氣임니다
그대는 花環을만들냐고 떠러진꼿을줏다가 다른가지에걸녀서 주슨꼿을헤치고 부르는 絶望인希望의노래임니다

벗이어 깨여진사랑에우는 벗이어
눈물이 능히 떠러진꼿을 옛가지에 도로픠게할수는 업슴니다

눈물을 떠러진꼿에 뿌리지말고 꼿나무밋헤띄끌에 뿌리서요

벗이어 나의벗이어
죽엄의香氣가 아모리조타하야도 白骨의입설에 입맛출수는 업습니다
그의무덤을 黃金의노래로 그물치지마서요 무덤위에 피무든旗대를 세
우서요
그러나 죽은大地가 詩人의노래를거처서 움직이는것을 봄바람은 말

벗이어 부끄럽습니다 나는 그대의노래를 드를때에 엇더케 부끄럽
고 떨니는지 모르것습니다
그것은 내가 나의님을떠나서 홀로 그노래를 듯는까닭입니다

繡의 秘密

나는 당신의옷을 다지어노앗슴니다
심의도지코 도포도지코 자리옷도지엇슴니다
지치아니한것은 적은주머니에 수놋는것뿐임니다

그주머니는 나의손때가 만히무덧슴니다
짓다가노아두고 짓다가노아두고한 까닭임니다
다른사람들은 나의바느질솜씨가 업는줄로 알지마는 그러한비밀은 나
밧게는 아는사람이 업슴니다

나는 마음이 압흐고 쓰린때에 주머니에 수를노흐랴면 나의마음은 수
놋는금실을따러서 바늘구녕으로 드러가고 주머니속에서 맑은노래가

나와서 나의마음이됨니다

그러고 아즉 이세상에는 그주니에널만한 무슨보물이 업습니다

이적은주머니는 지키시려셔 지치못하는것이 아니라 지코십허서 다

지치안는것임니다

사랑의 불

山川草木에 붓는불은 燧人氏가 내섯슴니다
靑春의音樂에舞蹈하는 나의가슴을 태우는불은 가는님이 내섯슴니다

矗石樓를안고돌며 푸른물ㅅ결의 그윽한품에 論介의靑春을 잠재우는
南江의흐르는물아
牧丹峯의키쓰를밧고 桂月香의無情을咀呪하면서 綾羅島를감도러흐르는
失戀者인大同江아
그대들의 權威로도 애태우는불은 ᄭᅳ지못할줄을 번연히아지마는 입
버릇으로 불너보앗다
만일 그대네가 쓰리고압흔슯음으로 조리다가 爆發되는 가슴가온대

의불을 끌수가잇다면 그대들이 님긔루은사람을위하야 노래를부를때에
잇다감잇다감 목이메어 소리를이르지못함은 무슨까닭인가
남들이 볼수업는 대네의가슴속에도 애태우는불꼿이 거꾸로타드러
가는것을 나는본다

오오 님의情熱의눈물과 나의感激의눈물이 마조다서 合流가되는때에
그눈물의 첫방울로 나의가슴의불을쓰고 그다음방울을 그대네의가슴에
뿌려주리라

「사랑」을사랑하야요

당신의얼골은 봄하늘의 고요한별이여요
그러나 씨저 진구름새이로 돗어오는 반달가튼 얼골이 업는것이아님니다
만일 어엽분얼골만을 사랑한다면 웨 나의벼개ㅅ모에 달을수노치안코 별을수노아요

당신의마음은 티업는 숫玉이여요 그러나 곱기도 밝기도 굿기도
보석가튼 마음이 업는것이아님니다
만일 아름다은마음만을 사랑한다면 웨 나의반지를 보석으로아니하고 옥으로만드러요

당신의詩는 봄비에 새로눈트는 金결가튼 버들이여요
그러나 기름가튼 검은바다에 픠여오르는百合쏫가튼 詩가 업는것이
아님니다
만일 조흔文章만을 사랑한다면 왜 내가 쏫을노래하지안코 버들을
讚美하여요
왼세상사람이 나를사랑하지아니할때에 당신만이 나를사랑하얏슴니다
나는 당신을사랑하야요 나는 당신의「사랑」을 사랑하야요

버리지아니하면

나는 잠ㅅ자리에누어서 자다가깨고 깨다가잘때에 외로운등잔불은 恪勤한派守軍처럼 왼밤을 지킵니다

당신이 나를버리지아니하면 나는 一生의등잔불이되야서 당신의百年을 지키것습니다

나는 책상압헤안저서 여러가지글을볼때에 내가要求만하면 글은 조흔이야기도하고 맑은노래도부르고 嚴肅한敎訓도줍니다

당신이 나를버리지아니하면 나는 服從의百科全書가되야서 당신의要求를 酬應하것습니다

나는 거울을대하야 당신의키쓰를 기다리는 입설을 볼때에 속임업는거울은 내가우스면 거울도웃고 내가찡그리면 거울도찡그립니다

당신이 나를버리지아니하면 나는 마음의거울이되야서 속임업시 당신의苦樂을 가치하것슴니다

당신가신때

당신이가실때에 나는 다른시골에 병드러누어서 리별의키쓰도 못하얏슴니다

그때는 가을바람이 츰으로나서 단풍이 한가지에 두서너닙이 붉엇슴니다

나는 永遠의時間에서 당신가신때를 쓴어내것슴니다 그러면 時間은 두도막이 남니다

時間의한씃은 당신이가지고 한씃은 내가가젓다가 당신의손과 나의손과 마조잡을때에 가만히 이어노컷슴니다

그러면 붓대를잡고 남의不幸한일만을 쓰랴고 기다리는사람들도 당신의가신때는 쓰지못할것임니다

나는 永遠의時間에서 당신가신때를 끈어내것슴니다

妖術

가을洪水가 적은시내의 싸인落葉을 휩쓰러가듯이 당신은 나의歡樂의마음을 빼아서갓습니다 나에게 남은마음은 苦痛뿐입니다

그러나 나는 당신을원망할수는 업습니다 당신이 가기전에는 나의苦痛의마음을 빼아서간 까닭입니다

만일 당신이 歡樂의마음과 苦痛의마음을 同時에빼아서간다하면 나에게는 아모마음도 업것습니다

나는 하늘의별이되야서 구름의面紗로 낫을가리고 숨어잇것습니다

나는 바다의眞珠가되얏다가 당신의구쓰에 단추가되것습니다

당신이 만일 별과眞珠를따서 게다가 마음을너서 다시 당신의님을

만든다면 그때에는 歡樂의마음을 너주서요
부득이 苦痛의마음도 너야하겟거든 당신의苦痛을빼어다가 너주서요
그러고 마음을빼아서가는 妖術은 나에게는 가리처주지마서요
그러면 지금의리별이 사랑의最後는 아님니다

당신의마음

나는 당신의 눈섭이검ㅅ고 귀가갸름한것도 보앗슴니다
그러나 당신의마음을 보지못하얏슴니다
당신이 사과를따서 나를주랴고 크고붉은사과를 따로쌀때에 당신의
마음이 그사과속으로 드러가는것을 분명히보앗슴니다
나는 당신의 둥근배와 잔나비가튼허리와를 보앗슴니다
그러나 당신의마음을 보지못하얏슴니다
당신이 나의사진과 엇든녀자의사진을 가티들고볼때에 당신의마음이
두사진의새이에서 초록빗이되는것을 분명히보앗슴니다

나는 당신의 발톱이희고 발꿈치가둥근것도 보앗슴니다
그러나 당신의마음을 보지못하얏슴니다
당신이 써나시랴고 나의큰보석반지를 주머니에너실쌔에 당신의마음
이 보석반지넘어로 얼골을가리고 숨는것을 분명히보앗슴니다

여름밤이기러요

당신이기실때에는 겨울밤이써르더니 당신이가신뒤에는 여름밤이기러
요
책녁의內容이 그릇되얏나 하얏더니 개똥불이흐르고 버레가움니다
긴밤은 어데서오고 어데로가는줄을 분명히아럿슴니다
긴밤은 근심바다의첫물ㅅ결에서 나와서 슯은音樂이되고 아득한沙漠
이되더니 필경 絶望의城넘어로가서 惡魔의우슴속으로 드러감니다
그러나 당신이오시면 나는 사랑의칼을가지고 긴밤을베혀서 一千도
막을 내것슴니다
당신이거실때는 겨울밤이써르더니 당신이가신뒤는 여름밤이기러요

冥想

아득한 冥想의적은배는 갓이업시출넝거리는 달빗의물ㅅ결에 漂流되야 멀고먼 별나라를 넘고또넘어서 이름도모르는나라에 이르렀습니다

이나라에는 어린아기의微笑와 봄아츰과 바다소리가 合하야 사람이 되얏습니다

이나라사람은 玉璽의귀한줄도모르고 黃金을밟고다니고 美人의靑春을 사랑할줄도 모름니다

이나라사람은 우슴을조아하고 푸른하늘을조아함니다

冥想의배를 이나라의宮殿에 매엿더니 이나라사람들은 나의손을잡고 가티살자고함니다

그러나 나는 님이오시면 그의가슴에 天國을꾸미랴고 도러왓슴니다
달빗의물ㅅ결은 흰구슬을 머리에이고 춤추는 어린풀의장단을 마추
어 우줄거림니다

七夕

「차라리 님이업시 스〻로님이되고 살지언정 하늘위의織女星은 되지 안컷서요 네 네」나는 언제인지 님의눈을처다보며 조금아양스런소리로 이러케 말하얏슴니다

이말은 牽牛의님을그리우는 織女가 一年에한번식맛나는七夕을 엇지 기다리나하는 同情의咀呪엿슴니다

이말에는 나는 모란꼿에취한 나뷔처럼 一生을 님의키쓰에 밧부게 지나것다는 교만한盟誓가 숨어잇슴니다

아〻 알수업는것은 運命이오 지키기어려운것은 盟誓임니다

나의머리가 당신의팔위에 도리질을한지가 七夕을 열번이나 지나고 또

몃번을 지내엇슴니다
그러나 그들은 나를용서하고 불상히여길뿐이오 무슨復讐的咀呪를 아니하얏슴니다

그들은 밤마다밤마다 銀河水를새에두고 마조건너다보며 이야기하고 놈니다
그들은 햇죽〳〵웃는 銀河水의江岸에서 물을한줌ㅅ식쥐어서 서로던지고 다시뉘웃처함니다
그들은 물에다 발을잠그고 반비식이누어서 서로안보는체하고 무슨노래를 부름니다
그들은 갈닙으로 배를만들고 그배에다 무슨글을써서 물에씌우고 입김으로부러서 서로보냄니다 그러고 서로글을보고 理解하지못하는것처

럽 잠자코잇슴니다
그들은도러갈때에는 서로보고 웃기만하고 아모말도아니함니다

지금은 七月七夕날밤임니다
그들은 蘭草실로 주름을접은 蓮꼿의위ㅅ옷을 입엇슴니다
그들은 한구슬에 일곱빗나는 桂樹나무열매의 노르개를 찻슴니다
키쓰의술에醉할것을 想像하는 그들의빰은 먼저 깃븜을못이기는 自己의熱情에醉하야 반이나붉엇슴니다
그들은 烏鵲橋를건너갈때에 거름을멈추고 위ㅅ옷의뒤ㅅ자락을 檢査함니다
그들은 烏鵲橋를건너서 서로抱擁하는동안에 눈물과우슴이 順序를일터니 마시금 恭敬하는얼골을 보임니다

아々 일수업는것은 運命이오 지키기어려운것은 盟誓임니다

나는 그들의사랑이 表現인것을 보앗습니다

진정한사랑은 表現할수가 업습니다

그들은 나의사랑을볼수는 업습니다

사랑의神聖은 表現에잇지안코 秘密에잇습니다

그들이 나를 하늘로오라고 손짓을한대도 나는가지안컷습니다

지금은 七月七夕날밤임니다

生의藝術

몰난결에쉬어지는 한숨은 봄바람이되야서 야윈얼골을비치는 거울에
이슬쏫을핌니다
나의周圍에는 和氣라고는 한숨의봄바람밧게는 아모것도업슴니다
하염업시흐르는 눈물은 水晶이되야서 깨끗한슯음의聖境을 비침니다
나는 눈물의水晶이아니면 이세상에 寶物이라고는 하나도업슴니다

한숨의봄바람과 눈물의水晶은 떠난님을긔루어하는 情의秋收임니다
저리고쓰린 슯음은 힘이되고 熱이되야서 어린羊과가튼 적은목숨을
사러움지기게함니다
님이주시는 한숨과눈물은 아름다은 生의藝術임니다

꼿싸옴

당신은 두견화를 심으실쌔에 「꼿이픠거든 꼿싸옴하자」고 나에게 말하
얏슴니다

꼿은픠여서 시드러가는대 당신은 옛맹세를이즈시고 아니오심닛가

나는 한손에 붉은꼿수염을가지고 한손에 흰꼿수염을가지고 꼿싸옴
을하야서 이기는것은 당신이라하고 지는것은 내가됨니다

그러나 정말로 당신을맛나서 꼿싸옴을하게되면 나는 붉은꼿수염을
가지고 당신은 흰꼿수염을 가지게함니다

그러면 당신은 나에게 번々히지심니다

그것은 내가 이거기를 조아하는것이아니라 당신이 나에게 지기를

깃버하는 까닭임니다

번々히이긴나는 당신에게 우승의상을달나고 조르겟슴니다

그러면 당신은 빙긋이우스며 나의뺨에 입맛추것슴니다

꼿은픠여서 시드러가는대 당신은 옛맹서를이지시고 아니오심닛가

거문고탈때

달아레에서 거문고를타기는 근심을이즐ㅅ가 함이러니 춤곡조가끗나기전에 눈물이압흘가려서 밤은 바다가되고 거문고줄은 무지개가됨니다

거문고소리가 놉헛다가 가늘고 가늘다가 놉흘때에 당신은 거문고줄에서 그늬를뜀니다

마즈막소리가 바람을따러서 느투나무그늘로 사러질때에 당신은 나를힘업시보면서 아득한눈을감습니다

아々 당신은 사러지는 거문고소리를 따러서 아득한눈을감습니다

오서요

오서요 당신은 오실때가되얏서요 어서오서요

당신은 당신의오실때가 언제인지 아십닛가 당신의오실때는 나의기다리는때임니다

당신은 나의쏫밧헤로오서요 나의쏫밧헤는 쏫들이픠여잇슴니다

만일 당신을조처오는사람이 잇스면 당신은 쏫속으로드러가서 숨오십시오

나는 나븨가되야서 당신숨은쏫위에가서 안것슴니다

그러면 조처오는사람이 당신을차질수는 업슴니다

오서요 당신은 오실때가되얏슴니다 어서오서요

당신은 나의품에로오서요 나의품에는 보드러은가슴이 잇슴니다

만일 당신을조처오는사람이 잇스면 당신은 머리를숙여서 나의가슴에 대입시오

나의가슴은 당신이만질때에는 물가티보드러웁지마는 당신의危險을위하야는 黃金의칼도되고 鋼鐵의방패도됨니다

나의가슴은 말ㅅ굽에밟힌落花가 될지언정 당신의머리가 나의가슴에서 써러질수는 업슴니다

그러면 조처오는사람이 당신에게 손을대일수는 업슴니다

오서요 당신은 오실때가되얏슴니다 어서오서요

당신은 나의죽엄속으로오서요 죽엄은 당신을위하야의準備가 언제든

지 되야잇슴니다

만일 당신을조처오는사람이 잇스면 당신은 나의죽엄의뒤에 서십시
오

죽엄은 虛無와萬能이 하나임니다

죽엄의사랑은 無限인同時에 無窮임니다

죽엄의압헤는 軍艦과砲臺가 띄끌이됨이다

죽엄의압헤는 强者와弱者가 벗이됨니다

그러면 조처오는사람이 당신을잡을수는 업슴니다

오서요 당신은 오실때가되얏슴니다 어서오서요

快樂

님이어 당신은 나를 당신기신때처럼 잘잇는줄로 아심닛가
그러면 당신는 나를아신다고할수가 업습니다
당신이 나를두고 멀니가신뒤로는 나는 깃붐이라고는 달도업는 가
을하늘에 외기력이의 발자최만치도 업습니다
거울을볼때에 절로오든우슴도 오지안습니다
꼿나무를심으고 물주고붓도드든일도 아니함니다
고요한달그림자가 소리업시거러와서 엷은창에 소군거리는 소리도
듯기실슴니다

감을고 더운 여름하늘에 소낙비가지나간뒤에 산모롱이의 적은숩에서 나는 서늘한맛도 달지안습니다
동무도업고 노르개도업습니다
나는 당신가신뒤에 이세상에서 엇기어려은 快樂이 잇습니다
그것은 다른것이아니라 잇다금 실컷우는것임니다

苦待

당신은 나로하야금 날마다날마다 당신을기다리게합니다

해가저무러 산그림자가 촌집을덥흘때에 나는 期約업는期待를가지고 마을숩밧게가서 기다리고잇슴니다

소를몰고오는 아해들의 풀입피리는 제소리에 폭마침니다

먼나무로도러가는 새들은 저녁연긔에 헤염침니다

숩들은 바람과의遊戲를 그치고 잠々히섯슴니다 그것은 나에게同情하는 表象임니다

시내를따러구비친 모래ㅅ길이 어둠의품에안겨서 잠들때에 나는 고요하고아득한 하늘에 긴한숨의 사러진자최를 남기고 게으른거름으로 도러옴니다

당신은 나로하여금 날마다날마다 당신을기다리게함니다

어둠의입이 黃昏의엷은빗을 삼킬때에 나는 시름업시 문밧게서々 당신을기다림니다

다시오는 별들은 고흔눈으로 반가은表情을 빗내면서 머리를조아 다두어 인사함니다

풀새이의 버레들은 이상한노래로 白晝의 모든生命의戰爭을 쉬게하는 平和의밤을 供養함니다

네모진적은못의 蓮닙위에 발자최소리를내는 시럽슨바람이 나를嘲弄할때에 나는 아득한생각이 날카로은怨望으로 化함니다

당신은 나로하야금 날마다날마다 당신을기다리게함니다

一定한步調로거러가는 私情업는時間이 모든希望을 채칙질하야 밤과 한께 모러갈쌔에 나는 쓸々한잠자리에 누어서 당신을기다림니다

가슴가온대의低氣壓은 人生의海岸에 暴風雨를지어서 三千世界는 流失되얏슴니다

벗을일코 견듸지못하는 가엽슨잔나비는 情의森林에서 저의숨에 窒息되얏슴니다

宇宙와人生의根本問題를 解決하는 大哲學은 눈물의三昧에 入定되야슴니다

나의「기다림」은 나를찻다가 못찻고 저의自身까지 이러버렷슴니다

사랑의 끗판

네 네 가요 지금곳가요

에그 등ㅅ불을켜랴다가 초를 거꾸로꼬젓습니다 그려 저를 엇저나

저사람들이 숭보것네

님이어 나는 이러케밧븜니다 님은 나를 게으르다고 꾸짓습니다 에

그 저것좀보아 「밧분것이 게으른것이다」하시네

내가 님의꾸지럼을듯기로 무엇이실컷슴닛가 다만 님의거문고줄이 緩

急을이를까 접허함니다

님이어 하늘도업는바다를 거처서 느름나무그늘을 지어버리는것은 달

빗이아니라 새는빗임니다

默沈의 님

홰를탄 닭은 날개를움직입니다
마구에매인 말은 굽을침니다
네 네 가요 이제곳가요

讀者에게

讀者여 나는 詩人으로 여러분의압헤 보이는것을 부끄러함니다

여러분이 나의詩를읽을때에 나를슯어하고 스스로슯어할줄을 암니다

나는 나의詩를 讀者의子孫에게까지 읽히고십흔 마음은 업슴니다

그때에는 나의詩를읽는것이 느진봄의쏫숩풀에 안저서 마른菊花를비벼서 코에대히는것과 가틀는지 모르것슴니다

밤은얼마나되얏는지 모르것슴니다

雪嶽山의 무거은그림자는 엷어감니다

새벽종을 기다리면서 붓을던짐니다

(乙丑八月二十九日밤 씃)

大正十五年五月十五日 印刷
大正十五年五月二十日 發行

（定價壹圓五拾錢）
（郵稅十六錢）

著作兼發行者 京城府安國洞四十番地 韓龍雲

印刷者 京城府公平洞五十五番地 權泰均

印刷所 京城府公平洞五十五番地 大東印刷株式會社

發行所 京城府南大門通一丁目一七番地 滙東書館

電話光化門一五五八番
振替口座京城七一二三番

초판본 님의 침묵 : 한용운 시집

탄생 144주년 기념 1926년 회동서관 초판본 에디션(초판본+현대어) 합본판

1판 1쇄 인쇄 2023년 6월 9일

1판 1쇄 발행 2023년 6월 20일

지은이 한용운

펴낸이 안종남

펴낸 곳 지식인하우스

출판등록 2011년 3월 31일 제 2011-000058호

전화 02-6082-1070

팩스 070-7966-0156

전자우편 jsinbook@naver.com

블로그 blog.naver.com/jsinbook

페이스북 facebook.com/jsinbook

인스타그램 @jsinbook_official

ISBN 979-11-90807-25-8 03810

님의 沈默

군말

「님」만 님이 아니라 기룬 것은 다 님이다. 중생衆生이 석가釋迦의 님이라면 철학哲學은 칸트의 님이다. 장미화薔薇花의 님이 봄비라면 마치니의 님은 이태리伊太利다. 님은 내가 사랑할 뿐 아니라 나를 사랑하느니라.

연애가 자유라면 님도 자유일 것이다. 그러나 너희는 이름 좋은 자유에 알뜰한 구속拘束을 받지 않느냐. 너에게도 님이 있느냐. 있다면 님이 아니라 너의 그림자니라.

나는 해 저문 벌판에서 돌아가는 길을 잃고 헤매는 어린 양羊이 기루어서 이 시를 쓴다.

저자著者

님의沈默

| 차례 |

님의 침묵 沈默

님은 갔습니다. 아아 사랑하는 나의 님은 갔습니다.

푸른 산빛을 깨치고 단풍나무 숲을 향하여 난 작은 길을 걸어서 차마 떨치고 갔습니다.

황금黃金의 꽃같이 굳고 빛나던 옛 맹서는 차디찬 티끌이 되어서 한숨의 미풍微風에 날아갔습니다.

날카로운 첫 「키스」의 추억은 나의 운명의 지침指針을 돌려놓고 뒷걸음쳐서 사라졌습니다.

나는 향기로운 님의 말소리에 귀먹고 꽃다운 님의 얼굴에 눈멀었습니다.

사랑도 사람의 일이라 만날 때에 미리 떠날 것을 염려하고 경계하지 아니한 것은 아니지만 이별은 뜻밖의 일이 되고 놀란 가슴은 새로운 슬픔에 터집니다.

그러나 이별을 쓸데없는 눈물의 원천源泉을 만들고 마는 것은 스스로 사랑을 깨치는 것인 줄 아는 까닭에 걷잡을 수 없는 슬픔의 힘을 옮겨서 새 희망의 정수박이에 들어부었습니다.

우리는 만날 때에 떠날 것을 염려하는 것과 같이 떠날 때에 다시 만날 것을 믿습니다.

아아 님은 갔지마는 나는 님을 보내지 아니하였습니다.

제 곡조를 못 이기는 사랑의 노래는 님의 침묵을 휩싸고 돕니다.

이별은 미美의 창조創造

이별은 미의 창조입니다.

이별의 미는 아침의 바탕(質) 없는 황금과 밤의 올(糸) 없는 검은 비단과 죽음 없는 영원의 생명과 시들지 않는 하늘의 푸른 꽃에도 없습니다.

님이여, 이별이 아니면 나는 눈물에서 죽었다가 웃음에서 다시 살아날 수가 없습니다. 오오 이별이여.

미는 이별의 창조입니다.

알 수 없어요

바람도 없는 공중에 수직垂直의 파문을 내이며 고요히 떨어지는 오동잎은 누구의 발자취입니까.

지리한 장마 끝에 서풍에 몰려가는 무서운 검은 구름의 터진 틈으로 언뜻언뜻 보이는 푸른 하늘은 누구의 얼굴입니까.

꽃도 없는 깊은 나무에 푸른 이끼를 거쳐서 옛 탑塔 위의 고요한 하늘을 스치는 알 수 없는 향기는 누구의 입김입니까.

근원은 알지도 못할 곳에서 나서 돌부리를 울리고 가늘게 흐르는 작은 시내는 굽이굽이 누구의 노래입니까.

연꽃 같은 발꿈치로 가이없는 바다를 밟고 옥 같은 손으로 끝없는 하늘을 만지면서 떨어지는 날을 곱게 단장하는 저녁놀은 누구의 시詩입니까.

타고 남은 재가 다시 기름이 됩니다. 그칠 줄을 모르고 타는 나의 가슴은 누구의 밤을 지키는 약한 등불입니까.

나는 잊고저

남들은 님을 생각한다지만
나는 님을 잊고저 하여요
잊고저 할수록 생각히기로
행여 잊힐까하고 생각하여 보았습니다.

잊으려면 생각하고
생각하면 잊히지 아니하니
잊도 말고 생각도 말어 볼까요
잊든지 생각든지 내버려두어 볼까요
그러나 그리도 아니되고
끊임없는 생각생각에 님뿐인데 어찌하여요.

구태여 잊으려면
잊을 수가 없는 것은 아니지만
잠과 죽음뿐이기로
님 두고는 못하여요.

아아 잊히지 않는 생각보다
잊고저 하는 그것이 더욱 괴롭습니다.

가지 마셔요

그것은 어머니의 가슴에 머리를 숙이고 자기자기한 사랑을 받으려고 삐죽거리는 입술로 표정表情하는 어여쁜 아기를 싸안으려는 사랑의 날개가 아니라 적敵의 깃발입니다.

그것은 자비慈悲의 백호광명白毫光明이 아니라 번득거리는 악마惡魔의 눈빛입니다.

그것은 면류관冕旒冠과 황금의 누리와 죽음과를 본 체도 아니하고 몸과 마음을 돌돌 뭉쳐서 사랑의 바다에 퐁당 넣으려는 사랑의 여신이 아니라 칼의 웃음입니다.

아아 님이여, 위안慰安에 목마른 나의 님이여. 걸음을 돌리셔요, 거기를 가지 마셔요, 나는 싫어요.

대지大地의 음악은 무궁화 그늘에 잠들었습니다.

광명光明의 꿈은 검은 바다에서 자맥질합니다.

무서운 침묵은 만상萬像의 속살거림에 서슬이 푸른 교훈을 나리고 있습니다.

아아 님이여, 새 생명의 꽃에 취하려는 나의 님이여, 걸음을 돌리셔요, 거기를 가지 마셔요, 나는 싫어요.

거룩한 천사의 세례를 받은 순결한 청춘을 똑 따서 그 속에 자기의 생명을 넣어 그것을 사랑의 제단에 제물로 드리는 어여쁜 처녀가 어데 있어요.

달금하고 맑은 향기를 꿀벌에게 주고 다른 꿀벌에게 주지 않는 이상한 백합꽃이 어데 있어요.

자신의 전체를 죽음의 청산青山에 장사지내고 흐르는 빛으로 밤을 두 조각에 베는 반딧불이 어데 있어요.

아아 님이여, 정情에 순사殉死하려는 나의 님이여. 걸음을 돌리셔요, 거기를 가지 마셔요, 나는 싫어요.

그 나라에는 허공이 없습니다.

그 나라에는 그림자 없는 사람들이 전쟁을 하고 있습니다.

그 나라에는 우주만상宇宙萬像의 모든 생명의 쇳대를 가지고 척도尺度를 초월한 삼엄한 궤율軌律로 진행하는 위대한 시간이 정지되었습니다.

아아 님이여, 죽음을 방향芳香이라고 하는 나의 님이여. 걸음을 돌리셔요, 거기를 가지 마셔요, 나는 싫어요.

고적한 밤

하늘에는 달이 없고 땅에는 바람이 없습니다.
사람들은 소리가 없고 나는 마음이 없습니다.

우주는 죽음인가요
인생은 잠인가요.

한 가닥은 눈썹에 걸치고 한 가닥은 작은 별에 걸쳤던 님 생각의 금金실은 살살살 걷힙니다.

한 손에는 황금의 칼을 들고 한 손으로 천국의 꽃을 꺾던 환상의 여왕도 그림자를 감추었습니다.

아아 님 생각의 금실과 환상의 여왕이 두 손을 마주 잡고 눈물의 속에서 정사情死한 줄이야 누가 알아요.

우주는 죽음인가요
인생은 눈물인가요
인생이 눈물이면
죽음은 사랑인가요.

나의 길

이 세상에는 길도 많기도 합니다.

산에는 돌길이 있습니다. 바다에는 뱃길이 있습니다. 공중에는 달과 별의 길이 있습니다.

강가에서 낚시질하는 사람은 모래 위에 발자취를 냅니다. 들에서 나물 캐는 여자는 방초芳草를 밟습니다.

악한 사람은 죄의 길을 좇아갑니다.

의義 있는 사람은 옳은 일을 위하여는 칼날을 밟습니다.

서산에 지는 해는 붉은 놀을 밟습니다.

봄 아침의 맑은 이슬은 꽃머리에서 미끄럼 탑니다.

그러나 나의 길은 이 세상에 둘밖에 없습니다.

하나는 님의 품에 안기는 길입니다.

그렇지 아니하면 죽음의 품에 안기는 길입니다.

그것은 만일 님의 품에 안기지 못하면 다른 길은 죽음의 길보다 험하고 괴로운 까닭입니다.

아아 나의 길은 누가 내었습니까.

아아 이 세상에는 님이 아니고는 나의 길을 낼 수가 없습니다.

그런데 나의 길을 님이 내었으면 죽음의 길은 왜 내셨을까요.

꿈 깨고서

님이면은 나를 사랑하련마는 밤마다 문밖에 와서 발자취 소리만 내고 한 번도 들어오지 아니하고 도로 가니 그것이 사랑인가요.

그러나 나는 발자취나마 님의 문밖에 가본 적이 없습니다.

아마 사랑은 님에게만 있나 봐요.

아아 발자취 소리나 아니더면 꿈이나 아니 깨었으련마는 꿈은 님을 찾아가려고 구름을 탔었어요.

예술가 藝術家

나는 서투른 화가畵家여요.

잠 아니 오는 잠자리에 누워서 손가락을 가슴에 대고 당신의 코와 입과 두 볼에 샘 파지는 것까지 그렸습니다.

그러나 언제든지 작은 웃음이 떠도는 당신의 눈자위는 그리다가 백 번이나 지웠습니다.

나는 파겁 못한 성악가聲樂家여요.

이웃 사람도 돌아가고 버러지 소리도 그쳤는데 당신의 가르쳐 주시던 노래를 부르려다가 조는 고양이가 부끄러워서 부르지 못하였습니다.

그래서 가는 바람이 문풍지를 스칠 때에 가만히 합창하였습니다.

나는 서정시인이 되기에는 너무도 소질이 없나봐요.

「즐거움」이니 「슬픔」이니 「사랑」이니 그런 것은 쓰기 싫어요.

당신의 얼굴과 소리와 걸음걸이와를 그대로 쓰고 싶습니다.

그리고 당신의 집과 침대와 꽃밭에 있는 작은 돌도 쓰겠습니다.

이별

아아 사람은 약한 것이다, 여린 것이다, 간사한 것이다.
이 세상에는 진정한 사랑의 이별은 있을 수가 없는 것이다.
죽음으로 사랑을 바꾸는 님과 님에게야 무슨 이별이 있으랴.
이별의 눈물은 물거품의 꽃이요, 도금한 금방울이다.

칼로 베인 이별의 「키스」가 어데 있느냐.
생명의 꽃으로 빚은 이별의 두견주杜鵑酒가 어데 있느냐.
피의 홍보석紅寶石으로 만든 이별의 기념반지가 어데 있느냐.
이별의 눈물은 저주의 마니주摩尼珠요, 거짓의 수정水晶이다.

사랑의 이별은 이별의 반면反面에 반드시 이별하는 사랑보다 더 큰 사랑이 있는 것이다.
혹은 직접의 사랑은 아닐지라도 간접의 사랑이라도 있는 것이다.
다시 말하면 이별하는 애인보다 자기를 더 사랑하는 것이다.
만일 애인을 자기의 생명보다 더 사랑하면 무궁無窮을 회전하는 시간의 수레바퀴에 이끼가 끼도록 사랑의 이별은 없는 것이다.

아니다 아니다. 「참」보다도 참인 님의 사랑엔 죽음보다도 이별이 훨씬 위대하다.

죽음이 한 방울의 찬 이슬이라면 이별은 일천 줄기의 꽃비다.

죽음이 밝은 별이라면 이별은 거룩한 태양이다.

생명보다 사랑하는 애인을 사랑하기 위하여는 죽을 수가 없는 것이다.

진정한 사랑을 위하여는 괴롭게 사는 것이 죽음보다도 더 큰 희생이다.

이별은 사랑을 위하여 죽지 못하는 가장 큰 고통이요 보은報恩이다.

애인은 이별보다 애인의 죽음을 더 슬퍼하는 까닭이다.

사랑은 붉은 촛불이나 푸른 술에만 있는 것이 아니라 먼 마음을 서로 비치는 무형無形에도 있는 까닭이다.

그러므로 사랑하는 애인을 죽음에서 잊지 못하고 이별에서 생각하는 것이다.

그러므로 사랑하는 애인을 죽음에서 웃지 못하고 이별에서 우는 것이다.

그러므로 애인을 위하여는 이별의 원한을 죽음의 유쾌愉快로 갚지 못하고 슬픔의 고통으로 참는 것이다.

그러므로 사랑은 차마 죽지 못하고 차마 이별하는 사랑보다 더 큰 사랑은 없는 것이다.

그러고 진정한 사랑은 곳이 없다.

진정한 사랑은 애인의 포옹만 사랑할 뿐 아니라 애인의 이별도 사랑하는 것이다.

그러고 진정한 사랑은 때가 없다.

진정한 사랑은 간단間斷이 없어서 이별은 애인의 육肉뿐이요 사랑은 무궁이다.

아아 진정한 애인을 사랑함에는 죽음은 칼을 주는 것이요 이별은 꽃을 주는 것이다.

아아 이별의 눈물은 진眞이요 선善이요 미美다.

아아 이별의 눈물은 석가요 모세요 잔다르크다.

길이 막혀

당신의 얼굴은 달도 아니언만
산 넘고 물 넘어 나의 마음을 비춥니다.

나의 손길은 왜 그리 짧아서
눈앞에 보이는 당신의 가슴을 못 만지나요.

당신이 오기로 못 올 것이 무엇이며
내가 가기로 못 갈 것이 없지마는
산에는 사다리가 없고
물에는 배가 없어요.

뉘라서 사다리를 떼고 배를 깨트렸습니까.
나는 보석으로 사다리 놓고 진주로 배 모아요.
오시려도 길이 막혀서 못 오시는 당신이 기루어요.

자유정조 自由貞操

내가 당신을 기다리고 있는 것은 기다리고자 하는 것이 아니라 기다려지는 것입니다.

말하자면 당신을 기다리는 것은 정조보다도 사랑입니다.

남들은 나더러 시대에 뒤진 낡은 여성이라고 삐죽거립니다. 구구區區한 정조를 지킨다고.

그러나 나는 시대성을 이해하지 못하는 것도 아닙니다.

인생과 정조의 심각한 비판을 하여 보기도 한두 번이 아닙니다.

자유연애의 신성神聖(?)을 덮어놓고 부정하는 것도 아닙니다.

대자연을 따라서 초연생활超然生活을 할 생각도 하여 보았습니다.

그러나 구경究竟, 만사萬事가 다 저의 좋아하는 대로 말한 것이오 행한 것입니다.

나는 님을 기다리면서 괴로움을 먹고 살이 찝니다. 어려움을 입고 키가 큽니다.

나의 정조는 「자유정조」입니다.

하나가 되어 주셔요

님이여, 나의 마음을 가져가려거든 마음을 가진 나에게서 가져가셔요. 그리하여 나로 하여금 님에게서 하나가 되게 하셔요.

그렇지 아니하거든 나에게 고통만을 주지 마시고 님의 마음을 다 주셔요. 그리고 마음을 가진 님에게서 나에게 주셔요. 그래서 님으로 하여금 나에게서 하나가 되게 하셔요.

그렇지 아니하거든 나의 마음을 돌려보내 주셔요. 그리고 나에게 고통을 주셔요.

그러면 나는 나의 마음을 가지고 님이 주시는 고통을 사랑하겠습니다.

나룻배와 행인行人

나는 나룻배
당신은 행인.

당신은 흙발로 나를 짓밟습니다.
나는 당신을 안고 물을 건너갑니다.
나는 당신을 안으면 깊으나 옅으나 급한 여울이나 건너갑니다.

만일 당신이 아니 오시면 나는 바람을 쐬고 눈비를 맞으며 밤에서 낮까지 당신을 기다리고 있습니다.
당신은 물만 건너면 나를 돌아보지도 않고 가십니다그려.
그러나 당신이 언제든지 오실 줄만은 알아요.
나는 당신을 기다리면서 날마다 날마다 낡아갑니다.

나는 나룻배
당신은 행인.

차라리

님이여 오셔요. 오시지 아니하려면 차라리 가셔요. 가려다 오고 오려다 가는 것은 나에게 목숨을 빼앗고 죽음도 주지 않는 것입니다.

님이여 나를 책망하려거든 차라리 큰소리로 말씀하여 주셔요. 침묵으로 책망하지 말고, 침묵으로 책망하는 것은 아픈 마음을 얼음 바늘로 찌르는 것입니다.

님이여 나를 아니 보려거든 차라리 눈을 돌려서 감으셔요. 흐르는 곁눈으로 흘겨보지 마셔요. 곁눈으로 흘겨보는 것은 사랑의 보褓에 가시의 선물을 싸서 주는 것입니다.

나의 노래

나의 노랫가락의 고저장단은 대중이 없습니다.

그래서 세속의 노래 곡조와는 조금도 맞지 않습니다.

그러나 나는 나의 노래가 세속 곡조에 맞지 않는 것을 조금도 애달파하지 않습니다.

나의 노래는 세속의 노래와 다르지 아니하면 아니 되는 까닭입니다.

곡조는 노래의 결함을 억지로 조절하려는 것입니다.

곡조는 부자연한 노래를 사람의 망상妄想으로 도막쳐 놓는 것입니다.

참된 노래에 곡조를 붙이는 것은 노래의 자연에 치욕입니다.

님의 얼굴에 단장을 하는 것이 도리어 흠이 되는 것과 같이 나의 노래에 곡조를 붙이면 도리어 결점이 됩니다.

나의 노래는 사랑의 신神을 울립니다.

나의 노래는 처녀의 청춘을 쥐어짜서 보기도 어려운 맑은 물을 만듭니다.

나의 노래는 님의 귀에 들어가서는 천국의 음악이 되고 님의 꿈에 들어가서는 눈물이 됩니다.

나의 노래가 산과 들을 지나서 멀리 계신 님에게 들리는 줄을 나는 압니다.

나의 노랫가락이 바르르 떨다가 소리를 이루지 못할 때에 나의 노래가 님의 눈물겨운 고요한 환상으로 들어가서 사라지는 것을 나는 분명히 압니다.

나는 나의 노래가 님에게 들리는 것을 생각할 때에 광영光榮에 넘치는 나의 작은 가슴은 발발발 떨면서 침묵의 음보音譜를 그립니다.

당신이 아니더면

당신이 아니더면 포시럽고 매끄럽던 얼굴이 왜 주름살이 잡혀요.

당신이 기룹지만 않다면 언제까지라도 나는 늙지 아니할 테여요.

맨 첨에 당신에게 안기던 그때대로 있을 테여요.

그러나 늙고 병들고 죽기까지라도 당신 때문이라면 나는 싫지 안하여요.

나에게 생명을 주든지 죽음을 주든지 당신의 뜻대로만 하셔요.

나는 곧 당신이여요.

잠 없는 꿈

나는 어느 날 밤에 잠 없는 꿈을 꾸었습니다.

「나의 님은 어데 있어요, 나는 님을 보러 가겠습니다. 님에게 가는 길을 가져다가 나에게 주셔요, 검이여.」

「너의 가려는 길은 너의 님의 오려는 길이다. 그 길을 가져다 너에게 주면 너의 님은 올 수가 없다.」

「내가 가기만 하면 님은 아니 와도 관계가 없습니다.」

「너의 님의 오려는 길을 너에게 갖다 주면 너의 님은 다른 길로 오게 된다. 네가 간대도 너의 님을 만날 수가 없다.」

「그러면 그 길을 가져다가 나의 님에게 주셔요.」

「너의 님에게 주는 것이 너에게 주는 것과 같다. 사람마다 저의 길이 각각 있는 것이다.」

「그러면 어찌하여야 이별한 님을 만나 보겠습니까.」

「네가 너를 가져다가 너의 가려는 길에 주어라. 그리하고 쉬지 말고 가거라.」

「그리할 마음으로 있지마는 그 길에는 고개도 많고 물도 많습니다. 갈 수가 없습니다.」

검은 「그러면 너의 님을 너의 가슴에 안겨 주마」 하고 나의 님

을 나에게 안겨 주었습니다.

나는 나의 님을 힘껏 껴안았습니다.

나의 팔이 나의 가슴을 아프도록 다칠 때에 나의 두 팔에 베어진 허공은 나의 팔을 뒤에 두고 이어졌습니다.

생명生命

닻과 키를 잃고 거친 바다에 표류된 작은 생명의 배는 아직 발견도 아니 된 황금의 나라를 꿈꾸는 한 줄기 희망의 나침반이 되고 항로가 되고 순풍이 되어서 물결의 한 끝은 하늘을 치고 다른 물결의 한 끝은 땅을 치는 무서운 바다에 배질합니다.

님이여, 님에게 바치는 이 작은 생명을 힘껏 껴안아 주셔요.

이 작은 생명이 님의 품에서 으스러진다 하여도 환희의 영지靈地에서 순정殉情한 생명의 파편은 최귀最貴한 보석이 되어서 조각조각이 적당히 이어져서 님의 가슴에 사랑의 휘장徽章을 걸겠습니다.

님이여, 끝없는 사막에 한 가지의 깃들일 나무도 없는 작은 새인 나의 생명을 님의 가슴에 으스러지도록 껴안아 주셔요.

그러고 부서진 생명의 조각조각에 입맞춰 주셔요.

사랑의 측량測量

즐겁고 아름다운 일은 양量이 많을수록 좋은 것입니다.

그런데 당신의 사랑은 양이 적을수록 좋은가 봐요.

당신의 사랑은 당신과 나와 두 사람 사이에 있는 것입니다.

사랑의 양을 알려면 당신과 나의 거리를 측량할 수밖에 없습니다.

그래서 당신과 나의 거리가 멀면 사랑의 양이 많고 거리가 가까우면 사랑의 양이 적을 것입니다.

그런데 적은 사랑은 나를 웃기더니 많은 사랑은 나를 울립니다.

뉘라서 사람이 멀어지면 사랑도 멀어진다고 하여요.

당신이 가신 뒤로 사랑이 멀어졌으면 날마다 날마다 나를 울리는 것은 사랑이 아니고 무엇이여요.

진주 眞珠

언제인지 내가 바닷가에 가서 조개를 주웠지요. 당신은 나의 치마를 걷어 주셨어요. 진흙 묻는다고.

집에 와서는 나를 어린아기 같다고 하셨지요. 조개를 주워다가 장난한다고. 그러고 나가시더니 금강석을 사다 주셨습니다, 당신이.

나는 그때에 조개 속에서 진주를 얻어서 당신의 작은 주머니에 넣어 드렸습니다.

당신이 어디 그 진주를 가지고 계셔요, 잠시라도 왜 남을 빌려 주셔요.

슬픔의 삼매三昧

하늘의 푸른빛과 같이 깨끗한 죽음은 군동群動을 정화淨化합니다.

허무의 빛인 고요한 밤은 대지에 군림하였습니다.

힘없는 촛불 아래에 사리뜨리고 외로이 누워 있는 오오 님이여.

눈물의 바다에 꽃배를 띄웠습니다.

꽃배는 님을 싣고 소리도 없이 가라앉았습니다.

나는 슬픔의 삼매三昧에 「아공我空」이 되었습니다.

꽃향기의 무르녹은 안개에 취하여 청춘의 광야에 비틀걸음치는 미인이여.

죽음을 기러기 털보다도 가볍게 여기고 가슴에서 타오르는 불꽃을 얼음처럼 마시는 사랑의 광인狂人이여.

아아 사랑에 병들어 자기의 사랑에서 자살을 권고하는 사랑의 실패자여.

그대는 만족한 사랑을 받기 위하여 나의 팔에 안겨요.

나의 팔은 그대의 사랑의 분신인 줄을 그대는 왜 모르셔요.

의심하지 마셔요

의심하지 마셔요. 당신과 떨어져 있는 나에게 조금도 의심을 두지 마셔요.

의심을 둔대야 나에게는 별로 관계가 없으나 부질없이 당신에게 고통의 숫자만 더할 뿐입니다.

나는 당신의 첫사랑의 팔에 안길 때에 온갖 거짓의 옷을 다 벗고 세상에 나온 그대로의 발가벗은 몸을 당신의 앞에 놓았습니다. 지금까지도 당신의 앞에는 그때에 놓아둔 몸을 그대로 받들고 있습니다.

만일 인위人爲가 있다면 「어찌하여야 첨 마음을 변치 않고 끝끝내 거짓 없는 몸을 님에게 바칠고」 하는 마음뿐입니다.

당신의 명령이라면 생명의 옷까지도 벗겠습니다.

나에게 죄가 있다면 당신을 그리워하는 나의 「슬픔」입니다.

당신이 가실 때에 나의 입술에 수없이 입맞추고 「부디 나에게 대하여 슬퍼하지 말고 잘 있으라」고 한 당신의 간절한 부탁에

위반되는 까닭입니다.

그러나 그것만은 용서하여 주셔요.

당신을 그리워하는 슬픔은 곧 나의 생명인 까닭입니다.

만일 용서하지 아니하면 후일에 그에 대한 벌을 풍우風雨의 봄 새벽의 낙화의 수만치라도 받겠습니다.

당신의 사랑의 동아줄에 휘감기는 체형도 사양치 않겠습니다.

당신의 사랑의 혹법酷法 아래에 일만 가지로 복종하는 자유형自由刑도 받겠습니다.

그러나 당신이 나에게 의심을 두시면 당신의 의심의 허물과 나의 슬픔의 죄를 맞비기고 말겠습니다.

당신에게 떨어져 있는 나에게 의심을 두지 마셔요. 부질없이 당신에게 고통의 숫자를 더하지 마셔요.

당신은

당신은 나를 보면 왜 늘 웃기만 하셔요. 당신의 찡그리는 얼굴을 좀 보고 싶은데.

나는 당신을 보고 찡그리기는 싫어요. 당신은 찡그리는 얼굴을 보기 싫어하실 줄을 압니다.

그러나 떨어진 도화가 날아서 당신의 입술을 스칠 때에 나는 이마가 찡그려지는 줄도 모르고 울고 싶었습니다.

그래서 금실로 수놓은 수건으로 얼굴을 가렸습니다.

행복 幸福

나는 당신을 사랑하고 당신의 행복을 사랑합니다. 나는 온 세상 사람이 당신을 사랑하고 당신의 행복을 사랑하기를 바랍니다.

그러나 정말로 당신을 사랑하는 사람이 있다면 나는 그 사람을 미워하겠습니다. 그 사람을 미워하는 것은 당신을 사랑하는 마음의 한 부분입니다.

그러므로 그 사람을 미워하는 고통도 나에게는 행복입니다.

만일 온 세상 사람이 당신을 미워한다면 나는 그 사람을 얼마나 미워하겠습니까.

만일 온 세상 사람이 당신을 사랑하지도 않고 미워하지도 않는다면 그것은 나의 일생에 견딜 수 없는 불행입니다.

만일 온 세상 사람이 당신을 사랑하고자 하여 나를 미워한다면 나의 행복은 더 클 수가 없습니다.

그것은 모든 사람의 나를 미워하는 원한의 두만강이 깊을수록 나의 당신을 사랑하는 행복의 백두산이 높아지는 까닭입니다.

착인 錯認

내려오셔요, 나의 마음이 자릿자릿하여요, 곧 내려오셔요.

사랑하는 님이여, 어찌 그렇게 높고 가는 나뭇가지 위에서 춤을 추셔요.

두 손으로 나뭇가지를 단단히 붙들고 고이고이 내려 오셔요.

에그 저 나무 잎새가 연꽃 봉오리 같은 입술을 스치겠네, 어서 내려 오셔요.

「녜녜 내려가고 싶은 마음이 잠자거나 죽은 것은 아닙니다마는 나는 아시는 바와 같이 여러 사람의 님인 때문이어요. 향기로운 부르심을 거스르고자 하는 것은 아닙니다」고 버들가지에 걸린 반달은 해쭉해쭉 웃으면서 이렇게 말하는 듯 하였습니다.

나는 작은 풀잎만치도 가림이 없는 발가벗은 부끄럼을 두 손으로 움켜쥐고 빠른 걸음으로 잠자리에 들어가서 눈을 감고 누웠습니다.

내려오지 않는다던 반달이 사뿐사뿐 걸어와서 창밖에 숨어서 나의 눈을 엿봅니다.

부끄럽던 마음이 갑자기 무서워서 떨려집니다.

밤은 고요하고

밤은 고요하고 방은 물로 씻은 듯합니다.

이불은 개인 채로 옆에 놓아두고 화롯불을 다듬거리고 앉았습니다.

밤은 얼마나 되었는지 화롯불은 꺼져서 찬 재가 되었습니다.

그러나 그를 사랑하는 나의 마음은 오히려 식지 아니하였습니다.

닭의 소리가 채 나기 전에 그를 만나서 무슨 말을 하였는데 꿈조차 분명치 않습니다그려.

비밀 秘密

비밀입니까, 비밀이라니요, 나에게 무슨 비밀이 있겠습니까.

나는 당신에게 대하여 비밀을 지키라고 하였습니다마는 비밀은 야속히도 지켜지지 아니하였습니다.

나의 비밀은 눈물을 거쳐서 당신의 시각으로 들어갔습니다.

나의 비밀은 한숨을 거쳐서 당신의 청각으로 들어갔습니다.

나의 비밀은 떨리는 가슴을 거쳐서 당신의 촉각으로 들어갔습니다.

그 밖의 비밀은 한 조각 붉은 마음이 되어서 당신의 꿈으로 들어갔습니다.

그리고 마지막 비밀은 하나 있습니다. 그러나 그 비밀은 소리 없는 메아리와 같아서 표현할 수가 없습니다.

사랑의 존재存在

사랑을 「사랑」이라고 하면 벌써 사랑은 아닙니다.

사랑을 이름지을 만한 말이나 글이 어데 있습니까.

미소에 눌려서 괴로운 듯한 장밋빛 입술인들 그것을 스칠 수가 있습니까.

눈물의 뒤에 숨어서 슬픔의 흑암면黑闇面을 반사하는 가을 물결의 눈인들 그것을 비출 수가 있습니까.

그림자 없는 구름을 거쳐서 메아리 없는 절벽을 거쳐서 마음이 갈 수 없는 바다를 거쳐서 존재? 존재입니다.

그 나라는 국경이 없습니다. 수명壽命은 시간이 아닙니다.

사랑의 존재는 님의 눈과 님의 마음도 알지 못합니다.

사랑의 비밀은 다만 님의 수건에 수繡놓는 바늘과 님의 심으신 꽃나무와 님의 잠과 시인의 상상과 그들만이 압니다.

꿈과 근심

밤 근심이 하 길기에
꿈도 길 줄 알았더니
님을 보러 가는 길에
반도 못 가서 깨었구나.

새벽 꿈이 하 짧기에
근심도 짧을 줄 알았더니
근심에서 근심으로
끝 간 데를 모르겠다.

만일 님에게도
꿈과 근심이 있거든
차라리
근심이 꿈 되고 꿈이 근심 되어라.

포도주 葡萄酒

가을바람과 아침볕에 마침맞게 익은 향기로운 포도를 따서 술을 빚었습니다. 그 술 고이는 향기는 가을 하늘을 물들입니다.

님이여, 그 술을 연잎 잔에 가득히 부어서 님에게 드리겠습니다.

님이여, 떨리는 손을 거쳐서 타오르는 입술을 축이셔요.

님이여, 그 술은 한밤에 지나면 눈물이 됩니다.

아아 한밤을 지나면 포도주가 눈물이 되지마는 또 한밤을 지나면 나의 눈물이 다른 포도주가 됩니다. 오오 님이여.

비방 誹謗

세상은 비방도 많고 시기도 많습니다.

당신에게 비방과 시기가 있을지라도 관심치 마셔요.

비방을 좋아하는 사람들은 태양에 흑점이 있는 것도 다행으로 생각합니다.

당신에게 대하여는 비방할 것이 없는 그것을 비방할는지 모르겠습니다.

조는 사자獅子를 죽은 양羊이라고 할지언정 당신이 시련을 받기 위하여 도적에게 포로가 되었다고 그것을 비겁이라고 할 수는 없습니다.

달빛을 갈꽃으로 알고 흰모래 위에서 갈매기를 이웃하여 잠자는 기러기를 음란하다고 할지언정 정직한 당신이 교활한 유혹에 속아서 청루靑樓에 들어갔다고 당신을 지조가 없다고 할 수는 없습니다.

당신에게 비방과 시기가 있을지라도 관심치 마셔요.

「?」

희미한 졸음이 활발한 님의 발자취 소리에 놀라 깨어 무거운 눈썹을 이기지 못하면서 창을 열고 내다보았습니다.

동풍에 몰리는 소낙비는 산모롱이를 지나가고 뜰 앞의 파초잎 위에 빗소리의 남은 음파音波가 그네를 뜁니다.

감정과 이지가 마주치는 찰나에 인면人面의 악마와 수심獸心의 천사가 보이려다 사라집니다.

흔들어 빼는 님의 노랫가락에 첫 잠든 어린 잔나비의 애처로운 꿈이 꽃 떨어지는 소리에 깨었습니다.

죽은 밤을 지키는 외로운 등잔불의 구슬꽃이 제 무게를 이기지 못하여 고요히 떨어집니다.

미친 불에 타오르는 불쌍한 영靈은 절망의 북극에서 신세계를 탐험합니다.

사막의 꽃이여 그믐밤의 만월滿月이여 님의 얼굴이여.

피려는 장미화薔薇花는 아니라도 갈지 않은 백옥白玉인 순결한 나의 입술은 미소에 목욕감는 그 입술에 채 닿지 못하였습니다.

움직이지 않는 달빛에 눌리운 창에는 저의 털을 가다듬는 고양이의 그림자가 오르락내리락합니다.

아아 불佛이냐 마魔냐 인생이 티끌이냐 꿈이 황금이냐.

작은 새여, 바람에 흔들리는 약한 가지에서 잠자는 작은 새여.

님의 손길

님의 사랑은 강철을 녹이는 불보다도 뜨거운데 님의 손길은 너무 차서 한도가 없습니다.

나는 이 세상에서 서늘한 것도 보고 찬 것도 보았습니다. 그러나 님의 손길같이 찬 것은 볼 수가 없습니다.

국화 핀 서리 아침에 떨어진 잎새를 울리고 오는 가을바람도 님의 손길보다는 차지 못합니다.

달이 작고 별에 뿔나는 겨울밤에 얼음 위에 쌓인 눈도 님의 손길보다는 차지 못합니다.

감로甘露와 같이 청량淸凉한 선사禪師의 설법도 님의 손길보다는 차지 못합니다.

나의 작은 가슴에 타오르는 불꽃은 님의 손길이 아니고는 끄는 수가 없습니다.

님의 손길의 온도를 측량할 만한 한란계寒暖計는 나의 가슴밖에는 아무 데도 없습니다.

님의 사랑은 불보다도 뜨거워서 근심 산山을 태우고 한恨 바다를 말리는데 님의 손길은 너무도 차서 한도가 없습니다.

해당화 海棠花

당신은 해당화 피기 전에 오신다고 하였습니다. 봄은 벌써 늦었습니다.

봄이 오기 전에는 어서 오기를 바랐더니 봄이 오고 보니 너무 일찍 왔나 두려워합니다.

철모르는 아이들은 뒷동산에 해당화가 피었다고 다투어 말하기로 듣고도 못 들은 체 하였더니,

야속한 봄바람은 나는 꽃을 불어서 경대 위에 놓입니다그려.

시름없이 꽃을 주워서 입술에 대고 「너는 언제 피었니」 하고 물었습니다.

꽃은 말도 없이 나의 눈물에 비쳐서 둘도 되고 셋도 됩니다.

당신을 보았습니다

당신이 가신 뒤로 나는 당신을 잊을 수가 없습니다.

까닭은 당신을 위하느니보다 나를 위함이 많습니다.

나는 갈고 심을 땅이 없으므로 추수가 없습니다.

저녁거리가 없어서 조나 감자를 꾸러 이웃집에 갔더니 주인은 「거지는 인격이 없다. 인격이 없는 사람은 생명이 없다. 너를 도와주는 것은 죄악이다」고 말하였습니다.

그 말을 듣고 돌아 나올 때에 쏟아지는 눈물 속에서 당신을 보았습니다.

나는 집도 없고 다른 까닭을 겸하여 민적民籍이 없습니다.

「민적이 없는 자는 인권이 없다. 인권이 없는 너에게 무슨 정조貞操냐」하고 능욕하려는 장군이 있었습니다.

그를 항거한 뒤에 남에게 대한 격분이 스스로의 슬픔으로 화化하는 찰나에 당신을 보았습니다.

아아 온갖 윤리, 도덕, 법률은 칼과 황금을 제사 지내는 연기인 줄을 알았습니다.

영원의 사랑을 받을까 인간 역사의 첫 페이지에 잉크칠을 할 까 술을 마실까 망설일 때에 당신을 보았습니다.

비

비는 가장 큰 권위를 가지고 가장 좋은 기회를 줍니다.

비는 해를 가리고 하늘을 가리고 세상 사람의 눈을 가립니다.

그러나 비는 번개와 무지개를 가리지 않습니다.

나는 번개가 되어 무지개를 타고 당신에게 가서 사랑의 팔에 감기고자 합니다.

비 오는 날 가만히 가서 당신의 침묵을 가져온대도 당신의 주인은 알 수가 없습니다.

만일 당신이 비 오는 날에 오신다면 나는 연蓮잎으로 윗옷을 지어서 보내겠습니다.

당신이 비 오는 날에 연잎 옷을 입고 오시면 이 세상에는 알 사람이 없습니다.

당신이 비 가운데로 가만히 오셔서 나의 눈물을 가져가신대도 영원한 비밀이 될 것입니다.

비는 가장 큰 권위를 가지고 가장 좋은 기회를 줍니다.

복종 服從

남들은 자유를 사랑한다지마는 나는 복종을 좋아하여요.

자유를 모르는 것은 아니지만 당신에게는 복종만 하고 싶어요.

복종하고 싶은데 복종하는 것은 아름다운 자유보다도 달콤합니다. 그것이 나의 행복입니다.

그러나 당신이 나더러 다른 사람을 복종하라면 그것만은 복종할 수가 없습니다.

다른 사람을 복종하라면 당신에게 복종할 수가 없는 까닭입니다.

참아 주셔요

나는 당신을 이별하지 아니할 수가 없습니다. 님이여, 나의 이별을 참아 주셔요.

당신은 고개를 넘어갈 때에 나를 돌아보지 마셔요. 나의 몸은 한 작은 모래 속으로 들어가려 합니다.

님이여, 이별을 참을 수가 없거든 나의 죽음을 참아 주셔요.

나의 생명의 배는 부끄럼의 땀의 바다에서 스스로 폭침爆枕하려 합니다. 님이여, 님의 입김으로 그것을 불어서 속히 잠기게 하여 주셔요. 그러고 그것을 웃어 주셔요.

님이여, 나의 죽음을 참을 수가 없거든 나를 사랑하지 말아 주셔요. 그리하고 나로 하여금 당신을 사랑할 수 없도록 하여 주셔요.

나의 몸은 터럭 하나도 빼지 아니한 채로 당신의 품에 사라지겠습니다.

님이여, 당신과 내가 사랑의 속에서 하나가 되는 것을 참아 주셔요. 그리하여 당신은 나를 사랑하지 말고 나로 하여금 당신을 사랑할 수가 없도록 하여 주셔요. 오오 님이여.

어느 것이 참이냐

엷은 사紗의 장막帳幕이 작은 바람에 휘둘려서 처녀의 꿈을 휩싸듯이 자취도 없는 당신의 사랑은 나의 청춘을 휘감습니다.

발딱거리는 어린 피는 고요하고 맑은 천국의 음악에 춤을 추고 헐떡이는 작은 영靈은 소리 없이 떨어지는 천화天花의 그늘에 잠이 듭니다.

가는 봄비가 드린 버들에 둘려서 푸른 연기가 되듯이 끝도 없는 당신의 정情실이 나의 잠을 얽습니다.

바람을 따라가려는 짧은 꿈은 이불 안에서 몸부림치고 강 건너 사람을 부르는 바쁜 잠꼬대는 목 안에서 그네를 뜁니다.

비낀 달빛이 이슬에 젖은 꽃수풀을 싸라기처럼 부시듯이 당신의 떠난 한恨은 드는 칼이 되어서 나의 애를 도막도막 끊어 놓았습니다.

문밖의 시냇물은 물결을 보태려고 나의 눈물을 받으면서 흐르지 않습니다.

봄 동산의 미친 바람은 꽃 떨어뜨리는 힘을 더하려고 나의 한숨을 기다리고 섰습니다.

정천한해 情天恨海

가을 하늘이 높다기로
정情 하늘을 따를소냐.
봄 바다가 깊다기로
한恨 바다만 못 하리라.

높고 높은 정情 하늘이
싫은 것만 아니지만
손이 낮아서
오르지 못하고
깊고 깊은 한恨 바다가
병될 것은 없지마는
다리가 짧아서
건너지 못한다.

손이 자라서 오를 수만 있으면
정情 하늘은 높을수록 아름답고
다리가 길어서 건널 수만 있으면

한恨 바다는 깊을수록 묘하니라.

만일 정情 하늘이 무너지고 한恨 바다가 마른다면
차라리 정천情天에 떨어지고 한해恨海에 빠지리라.

아아 정情 하늘이 높은 줄만 알았더니
님의 이마보다는 낮다.
아아 한恨 바다가 깊은 줄만 알았더니
님의 무릎보다는 얕다.

손이야 낮든지 다리야 짧든지
정情 하늘에 오르고 한恨 바다를 건너려면
님에게만 안기리라.

첫「키스」

마셔요 제발 마셔요
보면서 못 보는 체 마셔요
마셔요 제발 마셔요
입술을 다물고 눈으로 말하지 마셔요
마셔요 제발 마셔요
뜨거운 사랑에 웃으면서 차디찬 잔부끄럼에 울지 마셔요
마셔요 제발 마셔요
세계의 꽃을 혼자 따면서 항분亢奮에 넘쳐서 떨지 마셔요
마셔요 제발 마셔요
미소는 나의 운명의 가슴에서 춤을 춥니다. 새삼스럽게 스스러워 마셔요

선사禪師의 설법說法

나는 선사의 설법을 들었습니다.

「너는 사랑의 쇠사슬에 묶여서 고통을 받지 말고 사랑의 줄을 끊어라. 그러면 너의 마음이 즐거우리라」고 선사는 큰 소리로 말하였습니다.

그 선사는 어지간히 어리석습니다.

사랑의 줄에 묶이운 것이 아프기는 아프지만 사랑의 줄을 끊으면 죽는 것보다도 더 아픈 줄을 모르는 말입니다.

사랑의 속박은 단단히 얽어매는 것이 풀어 주는 것입니다.

그러므로 대해탈大解脫은 속박에서 얻는 것입니다.

님이여, 나를 얽은 님의 사랑의 줄이 약할까봐서 나의 님을 사랑하는 줄을 곱 드렸습니다.

그를 보내며

그는 간다, 그가 가고 싶어서 가는 것도 아니요, 내가 보내고 싶어서 보내는 것도 아니지만, 그는 간다.

그의 붉은 입술, 흰 이, 가는 눈썹이 어여쁜 줄만 알았더니 구름 같은 뒷머리, 실버들 같은 허리, 구슬 같은 발꿈치가 보다도 아름답습니다.

걸음이 걸음보다 멀어지더니 보이려다 말고 말려다 보인다.

사람이 멀어질수록 마음은 가까워지고 마음이 가까워질수록 사람은 멀어진다.

보이는 듯한 것이 그의 흔드는 수건인가 하였더니 갈매기보다도 작은 조각구름이 난다.

금강산 金剛山

만이천봉萬二千峰! 무양無恙하냐, 금강산아.

너는 너의 님이 어데서 무엇을 하는지 아느냐.

너의 님은 너 때문에 가슴에서 타오르는 불꽃에 온갖 종교, 철학, 명예, 재산, 그 외에도 있으면 있는 대로 태워 버리는 줄을 너는 모르리라.

너는 꽃에 붉은 것이 너냐.

너는 잎에 푸른 것이 너냐.

너는 단풍에 취한 것이 너냐.

너는 백설에 깨인 것이 너냐.

나는 너의 침묵을 잘 안다.

너는 철모르는 아이들에게 종작없는 찬미를 받으면서 시쁜 웃음을 참고 고요히 있는 줄을 나는 잘 안다.

그러나 너는 천당이나 지옥이나 하나만 가지고 있으려무나.

꿈 없는 잠처럼 깨끗하고 단순하란 말이다.

나도 짧은 갈궁이로 강 건너의 꽃을 꺾는다고 큰말하는 미친 사람은 아니다. 그래서 침착하고 단순하려고 한다.

나는 너의 입김에 불려오는 조각구름에 「키스」한다.

만이천봉! 무양하냐, 금강산아.

너는 너의 님이 어데서 무엇을 하는지 모르지.

님의 얼굴

님의 얼굴을 「어여쁘다」고 하는 말은 적당한 말이 아닙니다.

어여쁘다는 말은 인간 사람의 얼굴에 대한 말이요, 님은 인간의 것이라고 할 수가 없을 만치 어여쁜 까닭입니다.

자연은 어찌하여 그렇게 어여쁜 님을 인간으로 보냈는지 아무리 생각하여도 알 수가 없습니다.

알겠습니다. 자연의 가운데에는 님의 짝이 될 만한 무엇이 없는 까닭입니다.

님의 입술 같은 연꽃이 어데 있어요. 님의 살빛 같은 백옥이 어데 있어요.

봄 호수에서 님의 눈결 같은 잔물결을 보았습니까. 아침별에서 님의 미소 같은 방향芳香을 들었습니까.

천국의 음악은 님의 노래의 반향입니다. 아름다운 별들은 님의 눈빛의 화현化現입니다.

아아 나는 님의 그림자여요.

님은 님의 그림자밖에는 비길 만한 것이 없습니다.

님의 얼굴을 어여쁘다고 하는 말은 적당한 말이 아닙니다.

심은 버들

뜰 앞에 버들을 심어
님의 말을 매렸더니
님은 가실 때에
버들을 꺾어 말채찍을 하였습니다.

버들마다 채찍이 되어서
님을 따르는 나의 말도 채칠까 하였더니
남은 가지 천만사千萬絲는
해마다 해마다 보낸 한恨을 잡아맵니다.

낙원樂園은 가시덤불에서

죽은 줄 알았던 매화나무 가지에 구슬 같은 꽃방울을 맺혀주는 쇠잔한 눈 위에 가만히 오는 봄기운은 아름답기도 합니다.

그러나 그 밖에 다른 하늘에서 오는 알 수 없는 향기는 모든 꽃의 죽음을 가지고 다니는 쇠잔한 눈이 주는 줄을 아십니까.

구름은 가늘고 시냇물은 얕고 가을 산은 비었는데 파리한 바위 사이에 실컷 붉은 단풍은 곱기도 합니다.

그러나 단풍은 노래도 부르고 울음도 웁니다. 그러한 「자연의 인생」은 가을바람의 꿈을 따라 사라지고 기억에만 남아 있는 지난 여름의 무르녹은 녹음이 주는 줄을 아십니까.

일경초一莖草가 장륙금신丈六金身이 되고 장륙금신이 일경초가 됩니다.

천지는 한 보금자리요, 만유萬有는 같은 소조小鳥입니다.

나는 자연의 거울에 인생을 비춰 보았습니다.

고통의 가시덤불 뒤에 환희의 낙원을 건설하기 위하여 님을 떠난 나는 아아 행복입니다.

참말인가요

그것이 참말인가요, 님이여, 속임없이 말씀하여 주셔요.

당신을 나에게서 빼앗아 간 사람들이 당신을 보고 「그대는 님이 없다」고 하였다지요.

그래서 당신은 남모르는 곳에서 울다가 남이 보면 울음을 웃음으로 변한다지요.

사람의 우는 것은 견딜 수가 없는 것인데 울기조차 마음대로 못하고 웃음으로 변하는 것은 죽음의 맛보다도 더 쓴 것입니다.

그러면 나는 그것을 변명하지 않고는 견딜 수가 없습니다.

나의 생명의 꽃가지를 있는 대로 꺾어서 화환을 만들어 당신의 목에 걸고 「이것이 님의 님이라」고 소리쳐 말하겠습니다.

그것이 참말인가요, 님이여, 속임없이 말씀하여 주셔요.

당신을 나에게서 빼앗아 간 사람들이 당신을 보고 「그대의 님은 우리가 구하여 준다」고 하였다지요.

그래서 당신은 「독신생활을 하겠다」고 하였다지요.

그러면 나는 그들에게 분풀이를 하지 않고는 견딜 수가 없습니다.

많지 않은 나의 피를 더운 눈물에 섞어서 피에 목마른 그들의 칼에 뿌리고 「이것이 님의 님이라」고 울음 섞어서 말하겠습니다.

꽃이 먼저 알어

옛집을 떠나서 다른 시골에 봄을 만났습니다.

꿈은 이따금 봄바람을 따라서 아득한 옛터에 이릅니다.

지팡이는 푸르고 푸른 풀빛에 묻혀서 그림자와 서로 따릅니다.

길가에서 이름도 모르는 꽃을 보고서 행여 근심을 잊을까 하고 앉았습니다.

꽃송이에는 아침 이슬이 아직 마르지 아니한가 하였더니 아아 나의 눈물이 떨어진 줄이야 꽃이 먼저 알았습니다.

찬송 讚頌

님이여, 당신은 백 번이나 단련한 금金결입니다.

뽕나무 뿌리가 산호珊瑚가 되도록 천국의 사랑을 받읍소서.

님이여, 사랑이여, 아침볕의 첫걸음이여.

님이여, 당신은 의義가 무거웁고 황금이 가벼운 것을 잘 아십니다.

거지의 거친 밭에 복의 씨를 뿌리옵소서.

님이여, 사랑이여, 옛 오동梧桐의 숨은 소리여.

님이여, 당신은 봄과 광명과 평화를 좋아하십니다.

약자의 가슴에 눈물을 뿌리는 자비의 보살이 되옵소서.

님이여, 사랑이여, 얼음바다에 봄바람이여.

논개論介의 애인愛人이 되어서 그의 묘廟에

날과 밤으로 흐르고 흐르는 남강南江은 가지 않습니다.

바람과 비에 우두커니 섰는 촉석루矗石樓는 살 같은 광음光陰을 따라서 달음질칩니다.

논개여, 나에게 울음과 웃음을 동시에 주는 사랑하는 논개여.

그대는 조선의 무덤 가운데 피었던 좋은 꽃의 하나이다. 그래서 그 향기는 썩지 않는다.

나는 시인으로 그대의 애인이 되었노라.

그대는 어데 있느뇨. 죽지 않은 그대가 이 세상에는 없구나.

나는 황금의 칼에 베어진 꽃과 같이 향기롭고 애처로운 그대의 당년當年을 회상한다.

술 향기에 목마친 고요한 노래는 옥獄에 묻힌 썩은 칼을 울렸다.

춤추는 소매를 안고 도는 무서운 찬바람은 귀신나라의 꽃수풀을 거쳐서 떨어지는 해를 얼렸다.

가냘픈 그대의 마음은 비록 침착하였지만 떨리는 것보다도 더욱 무서웠다.

아름답고 무독無毒한 그대의 눈은 비록 웃었지만 우는 것보다

도 더욱 슬펐다.

붉은 듯하다가 푸르고 푸른 듯하다가 희어지며 가늘게 떨리는 그대의 입술은 웃음의 조운朝雲이냐, 울음의 모우暮雨이냐, 새벽달의 비밀이냐, 이슬꽃의 상징이냐.

삐삐 같은 그대의 손에 꺾기우지 못한 낙화대落花臺의 남은 꽃은 부끄럼에 취하여 얼굴이 붉었다.

옥 같은 그대의 발꿈치에 밟히운 강 언덕의 묵은 이끼는 교긍驕矜에 넘쳐서 푸른 사롱紗籠으로 자기의 제명題名을 가리었다.

아아 나는 그대도 없는 빈 무덤 같은 집을 그대의 집이라고 부릅니다.

만일 이름뿐이나마 그대의 집도 없으면 그대의 이름을 불러 볼 기회가 없는 까닭입니다.

나는 꽃을 사랑합니다마는 그대의 집에 피어 있는 꽃을 꺾을 수는 없습니다.

그대의 집에 피어 있는 꽃을 꺾으려면 나의 창자가 먼저 꺾어지는 까닭입니다.

나는 꽃을 사랑합니다마는 그대의 집에 꽃을 심을 수는 없습니다.

그대의 집에 꽃을 심으려면 나의 가슴에 가시가 먼저 심어지는 까닭입니다.

용서하여요 논개여, 금석金石 같은 굳은 언약을 저버린 것은 그대가 아니요 나입니다.

용서하여요 논개여, 쓸쓸하고 호젓한 잠자리에 외로이 누워서 끼친 한恨에 울고 있는 것은 내가 아니요 그대입니다.

나의 가슴에 「사랑」의 글자를 황금으로 새겨서 그대의 사당祠堂에 기념비를 세운들 그대에게 무슨 위로가 되오리까.

나의 노래에 「눈물」의 곡조를 낙인으로 찍어서 그대의 사당에 제종祭種을 울린대도 나에게 무슨 속죄가 되오리까.

나는 다만 그대의 유언대로 그대에게 다하지 못한 사랑을 영원히 다른 여자에게 주지 아니할 뿐입니다. 그것은 그대의 얼굴과 같이 잊을 수가 없는 맹서입니다.

용서하여요 논개여, 그대가 용서하면 나의 죄는 신에게 참회를 아니한대도 사라지겠습니다.

천추千秋에 죽지 않는 논개여,

하루도 살 수 없는 논개여,

그대를 사랑하는 나의 마음이 얼마나 즐거우며 얼마나 슬프겠는가.

나는 웃음이 겨워서 눈물이 되고 눈물이 겨워서 웃음이 됩니다.

용서하여요, 사랑하는 오오 논개여.

후회 後悔

당신이 계실 때에 알뜰한 사랑을 못하였습니다.

사랑보다 믿음이 많고 즐거움보다 조심이 더하였습니다.

게다가 나의 성격이 냉담하고 더구나 가난에 쫓겨서 병들어 누운 당신에게 도리어 소활疎闊하였습니다.

그러므로 당신이 가신 뒤에 떠난 근심보다 뉘우치는 눈물이 많습니다.

사랑하는 까닭

내가 당신을 사랑하는 것은 까닭이 없는 것이 아닙니다.

다른 사람들은 나의 홍안紅顔만을 사랑하지마는 당신은 나의 백발도 사랑하는 까닭입니다.

내가 당신을 기루어하는 것은 까닭이 없는 것이 아닙니다.

다른 사람들은 나의 미소만을 사랑하지마는 당신은 나의 눈물도 사랑하는 까닭입니다.

내가 당신을 기다리는 것은 까닭이 없는 것이 아닙니다.

다른 사람들은 나의 건강만을 사랑하지마는 당신은 나의 죽음도 사랑하는 까닭입니다.

당신의 편지

당신의 편지가 왔다기에 꽃밭 매던 호미를 놓고 떼어 보았습니다.

그 편지는 글씨는 가늘고 글줄은 많으나 사연은 간단합니다.

만일 님이 쓰신 편지이면 글은 짧을지라도 사연은 길 터인데.

당신의 편지가 왔다기에 바느질 그릇을 치워 놓고 떼어 보았습니다.

그 편지는 나에게 잘 있느냐고만 묻고 언제 오신다는 말은 조금도 없습니다.

만일 님이 쓰신 편지이면 나의 일은 묻지 않더라도 언제 오신다는 말을 먼저 썼을 터인데.

당신의 편지가 왔다기에 약을 달이다 말고 떼어 보았습니다.

그 편지는 당신의 주소는 다른 나라의 군함軍艦 입니다.

만일 님이 쓰신 편지이면 남의 군함에 있는 것이 사실이라 할지라도 편지에는 군함에서 떠났다고 하였을 터인데.

거짓 이별

당신과 나와 이별한 때가 언제인지 아십니까.

가령 우리가 좋을 대로 말하는 것과 같이 거짓 이별이라 할지라도 나의 입술이 당신의 입술에 닿지 못하는 것은 사실입니다.

이 거짓 이별은 언제나 우리에게서 떠날 것인가요.

한 해 두 해 가는 것이 얼마 아니 된다고 할 수가 없습니다.

시들어가는 두 볼의 도화桃花가 무정한 봄바람에 몇 번이나 스쳐서 낙화가 될까요.

회색이 되어가는 두 귀 밑의 푸른 구름이 쪼이는 가을볕에 얼마나 바래서 백설白雪이 될까요.

머리는 희어가도 마음은 붉어 갑니다.

피는 식어가도 눈물은 더워 갑니다.

사랑의 언덕엔 사태가 나도 희망의 바다엔 물결이 뛰놀아요.

이른바 거짓 이별이 언제든지 우리에게서 떠날 줄만은 알아요.

그러나 한 손으로 이별을 가지고 가는 날日은 또 한 손으로 죽음을 가지고 와요.

꿈이라면

사랑의 속박이 꿈이라면
출세出世의 해탈解脫도 꿈입니다.
웃음과 눈물이 꿈이라면
무심無心의 광명光明도 꿈입니다.
일체만법一切萬法이 꿈이라면
사랑의 꿈에서 불멸不滅을 얻겠습니다.

달을 보며

달은 밝고 당신이 하도 기루었습니다.

자던 옷을 고쳐 입고 뜰에 나와 퍼지르고 앉아서 달을 한참 보았습니다.

달은 차차차 당신의 얼굴이 되더니 넓은 이마, 둥근 코, 아름다운 수염이 역력히 보입니다.

간 해에는 당신의 얼굴이 달로 보이더니 오늘 밤에는 달이 당신의 얼굴이 됩니다.

당신의 얼굴이 달이기에 나의 얼굴도 달이 되었습니다.

나의 얼굴은 그믐달이 된 줄을 당신이 아십니까.

아아 당신의 얼굴이 달이기에 나의 얼굴도 달이 되었습니다.

인과율 因果律

당신은 옛 맹서를 깨치고 가십니다.

당신의 맹서는 얼마나 참되었습니까. 그 맹서를 깨치고 가는 이별은 믿을 수가 없습니다.

참 맹서를 깨치고 가는 이별은 옛 맹서로 돌아올 줄을 압니다. 그것은 엄숙한 인과율입니다.

나는 당신과 떠날 때에 입맞춘 입술이 마르기 전에 당신이 돌아와서 다시 입맞추기를 기다립니다.

그러나 당신의 가시는 것은 옛 맹서를 깨치려는 고의故意가 아닌 줄을 나는 압니다.

비겨 당신이 지금의 이별을 영원히 깨치지 않는다 하여도 당신의 최후의 접촉을 받은 나의 입술을 다른 남자의 입술에 대일 수는 없습니다.

잠꼬대

「사랑이라는 것은 다 무엇이냐, 진정한 사람에게는 눈물도 없고 웃음도 없는 것이다.

사랑의 뒤웅박을 발길로 차서 깨뜨려 버리고 눈물과 웃음을 티끌 속에 합장合葬을 하여라.

이지理智와 감정을 두드려 깨쳐서 가루를 만들어 버려라.

그러고 허무의 절정에 올라가서 어지럽게 춤추고 미치게 노래하여라.

그러고 애인과 악마를 똑같이 술을 먹여라.

그러고 천치가 되든지 미치광이가 되든지 산송장이 되든지 하여 버려라.

그래 너는 죽어도 사랑이라는 것은 버릴 수가 없단 말이냐.

그렇거든 사랑의 꽁무니에 도롱태를 달아라.

그래서 네 멋대로 끌고 돌아다니다가 쉬고 싶거든 쉬고 자고 싶거든 자고 살고 싶거든 살고 죽고 싶거든 죽어라.

사랑의 발바닥에 말목을 쳐놓고 붙들고 서서 엉엉 우는 것은 우스운 일이다.

이 세상에는 이마빡에다 「님」이라고 새기고 다니는 사람은 하나도 없다.

연애는 절대자유요, 정조는 유동流動이요, 결혼식장은 임간林間이다」

나는 잠결에 큰소리로 이렇게 부르짖었다.

아아 혹성惑星같이 빛나는 님의 미소는 흑암黑闇의 광선光線에서 채 사라지지 아니하였습니다.

잠의 나라에서 몸부림치던 사랑의 눈물은 어느덧 베개를 적셨습니다.

용서하셔요 님이여. 아무리 잠이 지은 허물이라도 님이 벌을 주신다면 그 벌을 잠을 주기는 싫습니다.

계월향桂月香에게

계월향이여, 그대는 아리따웁고 무서운 최후의 미소를 거두지 아니한 채로 대지의 침대에 잠들었습니다.

나는 그대의 다정을 슬퍼하고 그대의 무정을 사랑합니다.

대동강에 낚시질하는 사람은 그대의 노래를 듣고 모란봉에 밤놀이하는 사람은 그대의 얼굴을 봅니다.

아이들은 그대의 산 이름을 외우고 시인은 그대의 죽은 그림자를 노래합니다.

사람은 반드시 다하지 못한 한恨을 끼치고 가게 되는 것이다.

그대는 남은 한이 있는가 없는가, 있다면 그 한은 무엇인가.

그대는 하고 싶은 말을 하지 않습니다.

그대의 붉은 한恨은 현란한 저녁놀이 되어서 하늘길을 가로막고 황량한 떨어지는 날을 돌이키고자 합니다.

그대의 푸른 근심은 드리고 드린 버들실이 되어서 꽃다운 무리를 뒤에 두고 운명의 길을 떠나는 저문 봄을 잡아매려 합니다.

나는 황금의 소반에 아침별을 받치고 매화가지에 새봄을 걸어서 그대의 잠자는 곁에 가만히 놓아 드리겠습니다.

자 그러면 속하면 하룻밤, 더디면 한겨울, 사랑하는 계월향이여.

만족滿足

세상에 만족이 있느냐, 인생에게 만족이 있느냐.

있다면 나에게도 있으리라.

세상에 만족이 있기는 있지마는 사람의 앞에만 있다.

거리는 사람의 팔 길이와 같고 속력은 사람의 걸음과 비례가 된다.

만족은 잡을래야 잡을 수도 없고 버릴래야 버릴 수도 없다.

만족을 얻고 보면 얻은 것은 불만족이요, 만족은 의연히 앞에 있다.

만족은 우자愚者나 성자聖子의 주관적 소유가 아니면 약자의 기대뿐이다.

만족은 언제든지 인생과 수적竪的 평행平行이다.

나는 차라리 발꿈치를 돌려서 만족의 묵은 자취를 밟을까 하노라.

아아 나는 만족을 얻었노라.

아지랑이 같은 꿈과 금金실 같은 환상이 님 계신 꽃동산에 들를 때에 아아 나는 만족을 얻었노라.

반비례 反比例

당신의 소리는 「침묵」인가요.

당신이 노래를 부르지 아니하는 때에 당신의 노랫가락은 역력히 들립니다그려.

당신의 소리는 침묵이어요.

당신의 얼굴은 「흑암」 인가요.

내가 눈을 감은 때에 당신의 얼굴은 분명히 보입니다그려.

당신의 얼굴은 흑암이어요.

당신의 그림자는 「광명」 인가요.

당신의 그림자는 달이 넘어간 뒤에 어두운 창에 비칩니다그려.

당신의 그림자는 광명이어요.

눈물

내가 본 사람 가운데는 눈물을 진주라고 하는 사람처럼 미친 사람은 없습니다.

그 사람은 피를 홍보석紅寶石이라고 하는 사람보다도 더 미친 사람입니다.

그것은 연애에 실패하고 흑암의 기로에서 헤매는 늙은 처녀가 아니면 신경이 기형적으로 된 시인의 말입니다.

만일 눈물이 진주라면 나는 님이 신물信物로 주신 반지를 내놓고는 세상의 진주라는 진주는 다 티끌 속에 묻어 버리겠습니다.

나는 눈물로 장식한 옥패를 보지 못하였습니다.

나는 평화의 잔치에 눈물의 술을 마시는 것을 보지 못하였습니다.

내가 본 사람 가운데는 눈물을 진주라고 하는 사람처럼 어리석은 사람은 없습니다.

아니어요, 님이 주신 눈물은 진주 눈물이어요.

나는 나의 그림자가 나의 몸을 떠날 때까지 님을 위하여 진주 눈물을 흘리겠습니다.

아아 나는 날마다 날마다 눈물의 선경仙境에서 한숨의 옥적玉笛을 듣습니다.

나의 눈물은 백천百千 줄기라도 방울방울이 창조입니다.

눈물의 구슬이여, 한숨의 봄바람이여, 사랑의 성전聖殿을 장엄하는 무등등無等等의 보물이여.

아아 언제나 공간과 시간을 눈물로 채워서 사랑의 세계를 완성할까요.

어데라도

아침에 일어나서 세수하려고 대야에 물을 떠다 놓으면 당신은 대야 안의 가는 물결이 되어서 나의 얼굴 그림자를 불쌍한 아기처럼 얼러 줍니다.

근심을 잊을까 하고 꽃동산에 거닐 때에 당신은 꽃 사이를 스쳐오는 봄바람이 되어서 시름없는 나의 마음에 꽃향기를 묻혀 주고 갑니다.

당신을 기다리다 못하여 잠자리에 누웠더니 당신은 고요한 어둔 빛이 되어서 나의 잔부끄럼을 살뜰히도 덮어 줍니다.

어데라도 눈에 보이는 데마다 당신이 계시기에 눈을 감고 구름 위와 바다 밑을 찾아보았습니다.

당신은 미소가 되어서 나의 마음에 숨었다가 나의 감은 눈에 입맞추고 「네가 나를 보느냐」고 조롱합니다.

떠날 때의 님의 얼굴

꽃은 떨어지는 향기가 아름답습니다.
해는 지는 빛이 곱습니다.
노래는 목마친 가락이 묘합니다.
님은 떠날 때의 얼굴이 더욱 어여쁩니다.

떠나신 뒤에 나의 환상의 눈에 비치는 님의 얼굴은 눈물이 없는 눈으로는 바로 볼 수가 없을 만치 어여쁠 것입니다.
님의 떠날 때의 어여쁜 얼굴을 나의 눈에 새기겠습니다.
님의 얼굴은 나를 울리기에는 너무도 야속한 듯하지마는 님을 사랑하기 위하여는 나의 마음을 즐겁게 할 수가 없습니다.
만일 그 어여쁜 얼굴이 영원히 나의 눈을 떠난다면 그때의 슬픔은 우는 것보다도 아프겠습니다.

최초最初의 님

맨 첨에 만난 님과 님은 누구이며 어느 때인가요.
맨 첨에 이별한 님과 님은 누구이며 어느 때인가요.
맨 첨에 만난 님과 님이 맨 첨으로 이별하였습니까, 다른 님과 님이 맨 첨으로 이별하였습니까.

나는 맨 첨에 만난 님과 님이 맨 첨으로 이별한 줄로 압니다.
만나고 이별이 없는 것은 님이 아니라 나입니다.
이별하고 만나지 않는 것은 님이 아니라 길 가는 사람입니다.
우리들은 님에 대하여 만날 때에 이별을 염려하고 이별할 때에 만남을 기약합니다.
그것은 맨 첨에 만난 님과 님이 다시 이별한 유전성遺傳性의 흔적입니다.

그러므로 만나지 않는 것도 님이 아니요 이별이 없는 것도 님이 아닙니다.
님은 만날 때에 웃음을 주고 떠날 때에 눈물을 줍니다.
만날 때의 웃음보다 떠날 때의 눈물이 좋고 떠날 때의 눈물보

다 다시 만나는 웃음이 좋습니다.

아아 님이여, 우리의 다시 만나는 웃음은 어느 때에 있습니까.

두견새

두견새는 실컷 운다.
울다가 못다 울면
피를 흘려 운다.

이별한 한恨이야 너뿐이랴마는
울래야 울지도 못하는 나는
두견새 못 된 한恨을 또다시 어찌하리.

야속한 두견새는
돌아갈 곳도 없는 나를 보고도
「불여귀 불여귀不如歸 不如歸」

나의 꿈

당신이 맑은 새벽에 나무 그늘 사이에서 산보할 때에 나의 꿈은 작은 별이 되어서 당신의 머리 위에 지키고 있겠습니다.

당신이 여름날에 더위를 못 이기어 낮잠을 자거든 나의 꿈은 맑은 바람이 되어서 당신의 주위에 떠돌겠습니다.

당신이 고요한 가을밤에 그윽히 앉아서 글을 볼 때에 나의 꿈은 귀뚜라미가 되어서 책상 밑에서 「귀똘귀똘」 울겠습니다.

우는 때

꽃 핀 아침, 달 밝은 저녁, 비 오는 밤, 그때가 가장 님 그리운 때라고 남들은 말합니다.

나도 같은 고요한 때로는 그때에 많이 울었습니다.

그러나 나는 여러 사람이 모여서 말하고 노는 때에 더 울게 됩니다.

님 있는 여러 사람들은 나를 위로하여 좋은 말을 합니다마는 나는 그들의 위로하는 말을 조소로 듣습니다.

그때에는 울음을 삼켜서 눈물을 속으로 창자를 향하여 흘립니다.

타고르의 시詩(GARDENISTO)를 읽고

벗이여, 나의 벗이여, 애인의 무덤 위의 피어 있는 꽃처럼 나를 울리는 벗이여.

작은 새의 자취도 없는 사막의 밤에 문득 만난 님처럼 나를 기쁘게 하는 벗이여.

그대는 옛 무덤을 깨치고 하늘까지 사무치는 백골白骨의 향기입니다.

그대는 화환을 만들려고 떨어진 꽃을 줍다가 다른 가지에 걸려서 주운 꽃을 헤치고 부르는 절망인 희망의 노래입니다.

벗이여, 깨어진 사랑에 우는 벗이여.

눈물이 능히 떨어진 꽃을 옛 가지에 도로 피게 할 수는 없습니다.

눈물을 떨어진 꽃에 뿌리지 말고 꽃나무 밑의 티끌에 뿌리셔요.

벗이여, 나의 벗이여.

죽음의 향기가 아무리 좋다 하여도 백골의 입술에 입맞출 수

는 없습니다.

그의 무덤을 황금의 노래로 그물치지 마셔요. 무덤 위에 피 묻은 깃대를 세우셔요.

그러나 죽은 대지가 시인의 노래를 거쳐서 움직이는 것을 봄 바람은 말합니다.

벗이여, 부끄럽습니다. 나는 그대의 노래를 들을 때에 어떻게 부끄럽고 떨리는지 모르겠습니다.

그것은 내가 나의 님을 떠나서 홀로 그 노래를 듣는 까닭입니다.

수繡의 비밀秘密

나는 당신의 옷을 다시 지어 놓았습니다.

심의도 짓고 도포도 짓고 자리옷도 지었습니다.

짓지 아니한 것은 작은 주머니에 수놓는 것뿐입니다.

그 주머니는 나의 손때가 많이 묻었습니다.

짓다가 놓아두고 짓다가 놓아두고 한 까닭입니다.

다른 사람들은 나의 바느질 솜씨가 없는 줄로 알지마는 그러한 비밀은 나밖에는 아는 사람이 없습니다.

나의 마음이 아프고 쓰린 때에 주머니에 수를 놓으려면 나의 마음은 수놓는 금실을 따라서 바늘 구멍으로 들어가고 주머니 속에서 맑은 노래가 나와서 나의 마음이 됩니다.

그러고 아직 이 세상에는 그 주머니에 놓을 만한 무슨 보물이 없습니다.

이 작은 주머니는 짓기 싫어서 짓지 못하는 것이 아니라 짓고 싶어서 다 짓지 않는 것입니다.

사랑의 불

산천초목에 붙는 불은 수인씨燧人氏가 내셨습니다.

청춘의 음악에 무도舞蹈하는 나의 가슴을 태우는 불은 가는 님이 내셨습니다.

촉석루를 안고 돌며 푸른 물결의 그윽한 품에 논개의 청춘을 잠재우는 남강의 흐르는 물아.

모란봉의 키스를 받고 계월향桂月香의 무정을 저주하면서 능라도를 감돌아 흐르는 실연자인 대동강아.

그대들의 권위로도 애태우는 불은 끄지 못할 줄을 번연히 알지마는 입버릇으로 불러 보았다.

만일 그대네가 쓰리고 아픈 슬픔으로 졸이다가 폭발되는 가슴 가운데의 불을 끌 수가 있다면 그대들이 님 그리운 사람을 위하여 노래를 부를 때에 이따금 이따금 목이 메어 소리를 이루지 못함은 무슨 까닭인가.

남들이 볼 수 없는 그대네의 가슴 속에도 애태우는 불꽃이 거꾸로 타들어가는 것을 나는 본다.

오오 님의 정열情熱의 눈물과 나의 감격의 눈물이 마주 닿아서 합류가 되는 때에 그 눈물의 첫 방울로 나의 가슴의 불을 끄고 그 다음 방울을 그대네의 가슴에 뿌려 주리라.

「사랑」을 사랑하여요

당신의 얼굴은 봄 하늘의 고요한 별이어요.

그러나 찢어진 구름 사이로 돋아오는 반달 같은 얼굴이 없는 것이 아닙니다.

만일 어여쁜 얼굴만을 사랑한다면 왜 나의 베갯모에 달을 수놓지 않고 별을 수놓아요.

당신의 마음은 티 없는 숫옥玉이어요. 그러나 곱기도 밝기도 굳기도 보석 같은 마음이 없는 것이 아닙니다.

만일 아름다운 마음만을 사랑한다면 왜 나의 반지를 보석으로 아니하고 옥으로 만들어요.

당신의 시詩는 봄비에 새로 눈트는 금결 같은 버들이어요.

그러나 기름 같은 바다에 피어오르는 백합꽃 같은 시가 없는 것이 아닙니다.

만일 좋은 문장만을 사랑한다면 왜 내가 꽃을 노래하지 않고 버들을 찬미하여요.

온 세상 사람이 나를 사랑하지 아니할 때에 당신만이 나를 사랑하였습니다.

나는 당신을 사랑하여요. 나는 당신의 「사랑」을 사랑하여요.

버리지 아니하면

나는 잠자리에 누워서 자다가 깨고 깨다가 잘 때에 외로운 등잔불은 각근恪勤한 파수꾼처럼 온밤을 지킵니다.

당신이 나를 버리지 아니하면 나는 일생의 등잔불이 되어서 당신의 백년을 지키겠습니다.

나는 책상 앞에 앉아서 여러 가지 글을 볼 때에 내가 요구만 하면 글은 좋은 이야기도 하고 맑은 노래도 부르고 엄숙한 교훈도 줍니다.

당신이 나를 버리지 아니하면 나는 복종의 백과전서가 되어서 당신의 요구를 순응하겠습니다.

나는 거울을 대하여 당신의 키스를 기다리는 입술을 볼 때에 속임없는 거울은 내가 웃으면 거울도 웃고 내가 찡그리면 거울도 찡그립니다.

당신이 나를 버리지 아니하면 나는 마음의 거울이 되어서 속임없이 당신의 고락苦樂을 같이하겠습니다.

당신 가신 때

당신이 가실 때에 나는 다른 시골에 병들어 누워서 이별의 키스도 못하였습니다.

그때는 가을바람이 첨으로 나서 단풍이 한 가지에 두서너 잎이 붉었습니다.

나는 영원의 시간에서 당신 가신 때를 끊어내겠습니다. 그러면 시간은 두 도막이 납니다.

시간의 한 끝은 당신이 가지고 한 끝은 내가 가졌다가 당신의 손과 나의 손과 마주 잡을 때에 가만히 이어 놓겠습니다.

그러면 붓대를 잡고 남의 불행한 일만을 쓰려고 기다리는 사람들도 당신의 가신 때는 쓰지 못할 것입니다.

나는 영원의 시간에서 당신 가신 때를 끊어내겠습니다.

요술 妖術

가을 홍수가 작은 시내의 쌓인 낙엽을 휩쓸어가듯이 당신은 나의 환락의 마음을 빼앗아 갔습니다. 나에게 남은 마음은 고통뿐입니다.

그러나 나는 당신을 원망할 수는 없습니다. 당신이 가기 전에는 나의 고통의 마음을 빼앗아 간 까닭입니다.

만일 당신이 환락의 마음과 고통의 마음을 동시에 빼앗아간다 하면 나에게는 아무 마음도 없겠습니다.

나는 하늘의 별이 되어서 구름의 면사面紗로 낯을 가리고 숨어 있겠습니다.

나는 바다의 진주가 되었다가 당신의 구두에 단추가 되겠습니다.

당신이 만일 별과 진주를 따서 게다가 마음을 넣어서 다시 당신의 님을 만든다면 그때에는 환락의 마음을 넣어 주셔요.

부득이 고통의 마음도 넣어야 하겠거든 당신의 고통을 빼어다가 넣어 주셔요.

그러고 마음을 빼앗아 가는 요술은 나에게는 가르쳐 주지 마셔요.

그러면 지금의 이별이 사랑의 최후는 아닙니다.

당신의 마음

나는 당신의 눈썹이 검고 귀가 갸름한 것도 보았습니다.

그러나 당신의 마음을 보지 못하였습니다.

당신이 사과를 따서 나를 주려고 크고 붉은 사과를 따로 쌀 때에 당신의 마음이 그 사과 속으로 들어가는 것을 분명히 보았습니다.

나는 당신의 둥근 배와 잔나비 같은 허리를 보았습니다.

그러나 당신의 마음을 보지 못하였습니다.

당신이 나의 사진과 어떤 여자의 사진을 같이 들고 볼 때에 당신의 마음이 두 사진의 사이에서 초록빛이 되는 것을 분명히 보았습니다.

나는 당신의 발톱이 희고 발꿈치가 둥근 것도 보았습니다.

그러나 당신의 마음을 보지 못하였습니다.

당신이 떠나시려고 나의 큰 보석 반지를 주머니에 넣으실 때에 당신의 마음이 보석 반지 너머로 얼굴을 가리고 숨는 것을 분명히 보았습니다.

여름밤이 길어요

당신이 계실 때에는 겨울밤이 짧더니 당신이 가신 뒤에는 여름밤이 길어요.

책력의 내용이 그릇되었나 하였더니 개똥불이 흐르고 벌레가 웁니다.

긴 밤은 어데서 오고 어데로 가는 줄을 분명히 알았습니다.

긴 밤은 근심 바다의 첫 물결에서 나와서 슬픈 음악이 되고 아득한 사막이 되더니 필경 절망의 성城 너머로 가서 악마의 웃음 속으로 들어갑니다.

그러나 당신이 오시면 나는 사랑의 칼을 가지고 긴 밤을 베어서 일천 도막을 내겠습니다.

당신이 계실 때는 겨울밤이 짧더니 당신이 가신 뒤는 여름밤이 길어요.

명상冥想

아득한 명상의 작은 배는 가이없이 출렁거리는 달빛의 물결에 표류되어 멀고 먼 별나라를 넘고 또 넘어서 이름도 모르는 나라에 이르렀습니다.

이 나라에는 어린 아기의 미소와 봄 아침과 바다 소리가 합하여 사람이 되었습니다.

이 나라 사람은 옥새玉璽의 귀한 줄도 모르고 황금을 밟고 다니고 미인의 청춘을 사랑할 줄도 모릅니다.

이 나라 사람은 웃음을 좋아하고 푸른 하늘을 좋아합니다.

명상의 배를 이 나라의 궁전에 매었더니 이 나라 사람들은 나의 손을 잡고 같이 살자고 합니다.

그러나 나는 님이 오시면 그의 가슴에 천국을 꾸미려고 돌아왔습니다.

달빛의 물결은 흰 구슬을 머리에 이고 춤추는 어린 풀의 장단을 맞추어 우쭐거립니다.

칠석七夕

「차라리 님이 없이 스스로 님이 되고 살지언정 하늘 위의 직녀성織女星은 되지 않겠어요. 네 네」 나는 언제인지 님의 눈을 쳐다보며 조금 아양스런 소리로 이렇게 말하였습니다.

이 말은 견우牽牛의 님을 그리우는 직녀織女가 일 년에 한 번씩 만나는 칠석을 어찌 기다리나 하는 동정의 저주였습니다.

이 말에는 나는 모란꽃에 취한 나비처럼 일생을 님의 키스에 바쁘게 지나겠다는 교만한 맹서가 숨어 있습니다.

아아 알 수 없는 것은 운명이요, 지키기 어려운 것은 맹서입니다.

나의 머리가 당신의 팔 위에 도리질을 한 지가 칠석을 열 번이나 지나고 또 몇 번을 지내었습니다.

그러나 그들은 나를 용서하고 불쌍히 여길 뿐이요 무슨 복수적 저주를 아니하였습니다.

그들은 밤마다 밤마다 은하수를 새에 두고 마주 건너다보며 이야기하고 놉니다.

그들은 해쭉해쭉 웃는 은하수의 강안江岸에서 물을 한줌씩 쥐어서 서로 던지고 다시 뉘우쳐 합니다.

그들은 물에다 발을 잠그고 반 비슷이 누워서 서로 안 보는 체하고 무슨 노래를 부릅니다.

그들은 갈잎으로 배를 만들고 그 배에다 무슨 글을 써서 물에 띄우고 입김으로 불어서 서로 보냅니다. 그러고 서로 글을 보고 이해하지 못하는 것처럼 잠자코 있습니다.

그들은 돌아갈 때에는 서로 보고 웃기만 하고 아무 말도 아니 합니다.

지금은 칠월 칠석날 밤입니다.

그들은 난초蘭草 실로 주름을 접은 연꽃의 윗옷을 입었습니다.

그들은 한 구슬에 일곱 빛 나는 계수나무 열매의 노리개를 찼습니다.

키스의 술에 취할 것을 상상하는 그들의 뺨은 먼저 기쁨을 못 이기는 자기의 열정에 취하여 반이나 붉었습니다.

그들은 오작교烏鵲橋를 건너갈 때에 걸음을 멈추고 윗옷의 뒷자락을 검사합니다.

그들은 오작교를 건너서 서로 포옹하는 동안에 눈물과 웃음이 순서를 잃더니 다시금 공경하는 얼굴을 보입니다.

아아 알 수 없는 것은 운명이요, 지키기 어려운 것은 맹서입니다.

나는 그들의 사랑이 표현인 것을 보았습니다.

진정한 사랑은 표현할 수가 없습니다.

그들은 나의 사랑을 볼 수는 없습니다.

사랑의 신성神聖은 표현에 있지 않고 비밀에 있습니다.

그들이 나를 하늘로 오라고 손짓을 한대도 나는 가지 않겠습니다.

지금은 칠월 칠석날 밤입니다.

생生의 예술藝術

모른 결에 쉬어지는 한숨은 봄바람이 되어서 야윈 얼굴을 비치는 거울에 이슬꽃을 핍니다.

나의 주위에는 화기和氣라고는 한숨의 봄바람밖에는 아무것도 없습니다.

하염없이 흐르는 눈물은 수정이 되어서 깨끗한 슬픔의 성경聖境을 비춥니다.

나는 눈물의 수정이 아니면 이 세상에 보물이라고는 하나도 없습니다.

한숨의 봄바람과 눈물의 수정은 떠난 님을 그리워하는 정情의 추수秋收입니다.

저리고 쓰린 슬픔은 힘이 되고 열熱이 되어서 어린 양과 같은 작은 목숨을 살아 움직이게 합니다.

님이 주시는 한숨과 눈물은 아름다운 생의 예술입니다.

꽃싸움

당신은 두견화를 심으실 때에 「꽃이 피거든 꽃싸움하자」고 나에게 말하였습니다.

꽃은 피어서 시들어 가는데 당신은 옛 맹서를 잊으시고 아니 오십니까.

나는 한 손에 붉은 꽃수염을 가지고 한 손에 흰 꽃수염을 가지고 꽃싸움을 하여서 이기는 것은 당신이라 하고 지는 것은 내가 됩니다.

그러나 정말로 당신을 만나서 꽃싸움을 하게 되면 나는 붉은 꽃수염을 가지고 당신은 흰 꽃수염을 가지게 합니다.

그러면 당신은 나에게 번번이 지십니다.

그것은 내가 이기기를 좋아하는 것이 아니라 당신이 나에게 지기를 기뻐하는 까닭입니다.

번번이 이긴 나는 당신에게 우승의 상을 달라고 조르겠습니다.

그러면 당신은 빙긋이 웃으며 나의 뺨에 입맞추겠습니다.

꽃은 피어서 시들어 가는데 당신은 옛 맹서를 잊으시고 아니 오십니까.

거문고 탈 때

달 아래에서 거문고를 타기는 근심을 잊을까 함이러니 춤 곡조가 끝나기 전에 눈물이 앞을 가려서 밤은 바다가 되고 거문고 줄은 무지개가 됩니다.

거문고 소리가 높았다가 가늘고 가늘다가 높을 때에 당신은 거문고 줄에서 그네를 뜁니다.

마지막 소리가 바람을 따라서 느티나무 그늘로 사라질 때에 당신은 나를 힘없이 보면서 아득한 눈을 감습니다.

아아 당신은 사라지는 거문고 소리를 따라서 아득한 눈을 감습니다.

오셔요

오셔요, 당신은 오실 때가 되었어요, 어서 오셔요.

당신은 당신의 오실 때가 언제인지 아십니까, 당신의 오실 때는 나의 기다리는 때입니다.

당신은 나의 꽃밭으로 오셔요, 나의 꽃밭에는 꽃들이 피어 있습니다.

만일 당신을 쫓아오는 사람이 있으면 당신은 꽃 속으로 들어가서 숨으십시오.

나는 나비가 되어서 당신 숨은 꽃 위에 가서 앉겠습니다.

그러면 쫓아오는 사람이 당신을 찾을 수는 없습니다.

오셔요, 당신은 오실 때가 되었습니다, 어서 오셔요.

당신은 나의 품으로 오셔요, 나의 품에는 보드러운 가슴이 있습니다.

만일 당신을 쫓아오는 사람이 있으면 당신은 머리를 숙여서 나의 가슴에 대십시오.

나의 가슴은 당신이 만질 때에는 물같이 보드러웁지마는 당

신의 위험을 위하여는 황금의 칼도 되고 강철의 방패도 됩니다.

나의 가슴은 말굽에 밟힌 낙화落花가 될지언정 당신의 머리가 나의 가슴에서 떨어질 수는 없습니다.

그러면 쫓아오는 사람이 당신에게 손을 대일 수는 없습니다.

오셔요, 당신은 오실 때가 되었습니다, 어서 오셔요.

당신은 나의 죽음 속으로 오셔요, 죽음은 당신을 위하여 준비가 언제든지 되어 있습니다.

만일 당신을 쫓아오는 사람이 있으면 당신은 나의 죽음의 뒤에 서십시오.

죽음은 허무虛無와 만능萬能이 하나입니다.

죽음의 사랑은 무한인 동시에 무궁입니다.

죽음의 앞에는 군함軍艦과 포대砲臺가 티끌이 됩니다.

죽음의 앞에는 강자와 약자가 벗이 됩니다.

그러면 쫓아오는 사람이 당신을 잡을 수는 없습니다.

오셔요, 당신은 오실 때가 되었습니다, 어서 오셔요.

쾌락 快樂

님이여, 당신은 나를 당신 계신 때처럼 잘 있는 줄로 아십니까.
그러면 당신은 나를 아신다고 할 수가 없습니다.

당신이 나를 두고 멀리 가신 뒤로는 나는 기쁨이라고는 달도 없는 가을 하늘에 외기러기의 발자취만치도 없습니다.

거울을 볼 때에 절로 오던 웃음도 오지 않습니다.
꽃나무를 심고 물 주고 북돋우는 일도 아니합니다.
고요한 달그림자가 소리 없이 걸어와서 엷은 창에 소곤거리는 소리도 듣기 싫습니다.
가물고 더운 여름 하늘에 소낙비가 지나간 뒤에 산모롱이의 작은 숲에서 나는 서늘한 맛도 달지 않습니다.
동무도 없고 노리개도 없습니다.

나는 당신 가신 뒤에 이 세상에서 얻기 어려운 쾌락이 있습니다.
그것은 다른 것이 아니라 이따금 실컷 우는 것입니다.

고대 苦待

당신은 나로 하여금 날마다 날마다 당신을 기다리게 합니다.

해가 저물어 산 그림자가 촌집을 덮을 때에 나는 기약 없는 기대를 가지고 마을 숲 밖에 가서 기다리고 있습니다.

소를 몰고 오는 아이들의 풀잎피리는 제 소리에 목마칩니다.

먼 나무로 돌아가는 새들은 저녁 연기에 헤엄칩니다.

숲들은 바람과의 유희를 그치고 잠잠히 섰습니다. 그것은 나에게 동정하는 표상表象입니다.

시내를 따라 굽이친 모랫길이 어둠의 품에 안겨서 잠들 때에 나는 고요하고 아득한 하늘에 긴 한숨의 사라진 자취를 남기고 게으른 걸음으로 돌아옵니다.

당신은 나로 하여금 날마다 날마다 당신을 기다리게 합니다.

어둠의 입이 황혼의 엷은 빛을 삼킬 때에 나는 시름없이 문밖에 서서 당신을 기다립니다.

다시 오는 별들은 고운 눈으로 반가운 표정을 빛내면서 머리를 조아 다투어 인사합니다.

풀 사이의 벌레들은 이상한 노래로 백주白晝의 모든 생명의

전쟁을 쉬게 하는 평화와 밤을 공양供養 합니다.

네모진 작은 못의 연잎 위에 발자취 소리를 내는 실없는 바람이 나를 조롱할 때에 나는 아득한 생각이 날카로운 원망으로 화합니다.

당신은 나로 하여금 날마다 날마다 당신을 기다리게 합니다.

일정한 보조로 걸어가는 사정私情 없는 시간이 모든 희망을 채찍질하여 밤과 함께 몰아갈 때에 나는 쓸쓸한 잠자리에 누워서 당신을 기다립니다.

가슴 가운데의 저기압은 인생의 해안海岸 에 폭풍우를 지어서, 삼천세계三千世界 는 유실되었습니다.

벗을 잃고 견디지 못하는 가엾은 잔나비는 정情 의 삼림에서 저의 숨에 질식되었습니다.

우주와 인생의 근본문제를 해결하는 대철학大哲學 은 눈물의 삼매三昧 에 입정入定 되었습니다.

나의 「기다림」은 나를 찾다가 못 찾고 저의 자신까지 잃어버렸습니다.

사랑의 끝판

녜 녜 가요, 지금 곧 가요.

에그 등불을 켜려다가 초를 거꾸로 꽂았습니다그려. 저를 어쩌나 저 사람들이 흉보겠네.

님이여, 나는 이렇게 바쁩니다. 님은 나를 게으르다고 꾸짖습니다. 에그 저것 좀 보아 「바쁜 것이 게으른 것이다」 하시네.

내가 님의 꾸지람을 듣기로 무엇이 싫겠습니까. 다만 님의 거문고 줄이 완급緩急을 잃을까 저어합니다.

님이여, 하늘도 없는 바다를 거쳐서 느릅나무 그늘을 지어버리는 것은 달빛이 아니라 새는 빛입니다.

홰를 탄 닭은 날개를 움직입니다.

마구에 매인 말은 굽을 칩니다.

녜 녜 가요, 이제 곧 가요.

독자讀者에게

독자여, 나는 시인으로 여러분의 앞에 보이는 것을 부끄러합니다.

여러분이 나의 시를 읽을 때에 나를 슬퍼하고 스스로 슬퍼할 줄을 압니다.

나는 나의 시를 독자의 자손子孫에게까지 읽히고 싶은 마음은 없습니다.

그 때에는 나의 시를 읽는 것이 늦은 봄의 꽃수풀에 앉아서 마른 국화를 비벼서 코에 대이는 것과 같을는지 모르겠습니다.

밤은 얼마나 되었는지 모르겠습니다.

설악산의 무거운 그림자는 엷어갑니다.

새벽종을 기다리면서 붓을 던집니다.

(을축乙丑 8월 29일 밤 끝)

님의 沈默

이성과 감성이 만나는 곳

암울했던 시대를 불굴의 의지로 살아온 만해 한용운, 그는 정신이 육신의 고통을 이겨낼 수 있다는 확신을 우리에게 보여주고 있다. 그가 살아온 삶의 모습이 우리에게 큰 의미로 다가오고 있는 것도 바로 이 때문일 것이다.

만해의 삶은 조국과 백성, 부처와 범부 사이에서 대아적 삶을 지향하는 팽팽한 긴장으로 일관되어 왔다고 할 수 있다. 그의 의식이 귀착되는 곳은 조국이며, 부처였다. 그러나 만해는 그것을 감정적인 측면에서 추구하거나 의지하지는 않았다. 조국의 자주독립을 원하되, 그것이 온 인류가 공존하는 당연한 법칙임을 강조하였으며, 부처를 추구하되 인간적인 면을 부정하지는 않았다. 모든 사유의 방법이 원융무애하여 포용과 너그러움을 간직하되 일체의 부정이 스며들지 못하는 비수같은 절의정신을 간직하고 있었다. 이 두 의지의 만남은 만해를 만해답게 만드는 근본적인 요소가 아닌가 생각한다.

그래서 만해의 삶과 문학은 우리에게 정서적 안정감을 주는 동시에 솟구쳐 오르는 힘을 준다. 그 힘은 어두운 자아의 미망

에서 새벽을 알리는 깨우침의 목소리가 되고, 그 공명은 나태한 정신을 일깨우는 혼으로 작용한다.

한국 시집 출판에 있어서「님의 침묵」만큼 다종 출판이 이루어진 시집은 많지 않을 것이다. 1926년에 회동서관에서 초간본을 간행한 이래 180여종을 헤아리는「님의 침묵」이 간행되었다. 이는 시정신의 확산이라는 면에서 환영할만한 일이지만, 몇몇 시집은 편집자의 의식 부족으로 무책임한 시어의 변조 등이 이루어져 비판의 대상이 되기도 하였다.

「님의 침묵」의 초간본의 특질은 그 형식적인 면에서 시어 선택에서 오는 리듬감과 조어미, 자연스러운 방언의 구사 등을 찾을 수 있다. 이러한 시적 특성은 의미 전달의 요소만큼이나 중요하여 이를 도외시하고는 정확한 접근을 저해할 수밖에 없다. 그간 많은 시집이 간행되었음에도 다시 초간본을 영인 출간하는 첫 번째 이유는 바로 여기에 있다.

또한 초간본이 간행된 지 90년이 되어가는 까닭에 일반인은

초간본을 구해 보기가 어렵게 되었다. 그 시대정신을 그 시대의 언어로 표출하고 있는 「님의 침묵」을 새롭게 접하는 것은 만해의 육성을 더욱 가까이 접근하여 또 다른 감동을 가져올 수도 있을 것이다.

만해시는 감성으로 읽어도 안 되며, 이성으로 읽어도 안 된다. 감성과 이성이 마주치는 그 곳에 만해의 시정신이 자리하고 있기 때문이다.

만해기념관 관장 전보삼

팔만대장경을 압축하고 농축해 놓은 88편의 시!

『님의 침묵』은 만해 한용운이 옥고를 치른 뒤 1925년 내설악 백담사에서 완성한 시입니다. 팔만대장경을 두루 섭렵하면서 몸에 켜켜이 배어든 아름다운 비유와 상징이 봇물처럼 터져 나와 완성된 88편의 시. 이렇게 완성된 88편의 시들은 1926년 회동서관에서 최초로 출간되었으며, 이것이 바로 『님의 침묵』 초판본입니다. 이후 1934년 한성도서주식회사에서 재출간되었으나, 초판본과 재판본은 출간 직후 일제에 의해 금서로 묶여 세상에 제대로 배포조차 되지 못한 희귀본입니다.

소장도 마음껏! 읽는 것도 마음껏! 현대어판 『님의 침묵』과 함께 88편의 시를 음미해 보세요!

현대어판 『님의 침묵』은 만해기념관 정본 『님의 침묵』을 기저본으로 하였습니다. 시어들을 현대어로 바꾸는 과정에서 시의 뜻을 그르치는 시어들은 옛 모습 그대로 두었습니다.